KB000362

가르시아 마르께스의 『백년의 고독』 읽기

세창명저산책_069

가르시아 마르께스의 『백년의 고독』 읽기

초판 1쇄 인쇄 2019년 12월 23일
초판 1쇄 발행 2019년 12월 30일

_

지은이 조구호
펴낸이 이방원
기획위원 원당희
편 집 정조연 · 김명희 · 안효희 · 윤원진 · 정우경 · 송원빈 · 최선희
디자인 손경화 · 박혜옥 · 양혜진 **영 업** 최성수 **기획 · 마케팅** 이미선

_

펴낸곳 세창미디어
출판신고 2013년 1월 4일 제312-2013-000002호
주소 03735 서울시 서대문구 경기대로 88 냉천빌딩 4층
전화 02-723-8660 **팩스** 02-720-4579
이메일 edit@sechangpub.co.kr **홈페이지** http://www.sechangpub.co.kr/

_

ISBN 978-89-5586-581-3 02870

이 도서의 국립중앙도서관 출판예정도서목록(CIP)은 서지정보유통지원시스템 홈페이지(http://seoji.nl.go.kr)와 국가자료종합목록 구축시스템(http://kolis-net.nl.go.kr)에서 이용하실 수 있습니다.(CIP제어번호 : CIP2019051201)

_ 이미지 출처: https://commons.wikimedia.org/wiki/File:Gabriel_Garcia_Marquez,_2009.jpg

조구호 지음

가르시아 마르께스의 『백년의 고독』 읽기

세창미디어
MEDIA

삶은

한 사람이 살았던 것 그 자체가 아니라

현재 그 사람이 기억하고 있는 것이며,

그 삶을 이야기하기 위해

어떻게 기억하느냐 하는 것이다.

— 가브리엘 가르시아 마르께스 —

| 여는 말 |

소설을 살린 소설

언젠가 인터넷에 게시된 어느 독자의 『백년의 고독Cien años de soledad』에 대한 서평을 읽은 적이 있다. 대단히 예리한 비평적 시각과 글솜씨를 가진 것으로 추정되는 그는 "『백년의 고독』은 매 쪽마다 언급할 것이 너무 많아 어떻게 해야 할지 당황스럽다"라고 고백했다. 1971년에 노벨 문학상을 수상한 칠레의 위대한 시인 빠블로 네루다는 "『백년의 고독』은 에스파냐(스페인)어로 쓰인 소설 가운데 『돈 끼호떼』 다음으로 훌륭하다"라고 평가한다. 시한부 선고를 받은 소설이라는 장르에 새로운 생기를 불어넣으며 21세기 문학의 재생을 예비한 작품 『백년의 고독』을 두고 밀란 쿤데라는 다음과 같이 말한다. "소설의 종말에 관해 말하는 것은 서구 작가들의 기우에 지나지 않는다. 동유럽이나 라틴아메리카 작가들에게 이런 말을 한다는 것은 어불성설이나 다름없다. 책꽂이에 가브리엘 가르시아 마르께스의 『백년의 고독』을 꽂아 놓고 어떻게 소설의 죽음을 말할 수 있다는 것인가?" 밀란 쿤데라는 이런 식으로 많은 작가가 지닌 '소설의 죽음'에 대한 우려를 불식시키고, 그들이 계속해서 소설을 쓸 수 있도록 원기를 불어넣었다.

그동안 세계 문학계의 변방에 머물러 있던 라틴아메리카 문학은 20세기 중반에 '붐Boom' 세대의 등장과 더불어 서서히 중심으로 이동하기 시작하고, 콜롬비아의 가브리엘 가르시아 마르께스Gabriel García Márquez(1927~2014)를 비롯해 멕시코의 까를로스 푸엔떼스, 페루의 마리오 바르가스 요사 등 일군의 작가는 다양한 작품을 통해 라틴아메리카 문학의 역량을 전 세계에 과시하는 데 결정적인 역할을 한다. 특히 1944년에 '집'이라는 제목으로 소설 하나를 쓰려고, 현재의 『백년의 고독』에 실려 있는 첫 행을 썼지만, 자신이 하려는 얘기를 스스로 믿을 수 있도록 하기 위한 기교적·언어적 요소가 제대로 준비되어 있지 않았기 때문에 '완성된 작품'으로 만들 수 없다는 사실을 깨달은 가르시아 마르께스가 23년 동안 생각하고 18개월에 걸쳐 집필한 『백년의 고독』은 출간 이후 세계 문학계에 신선한 충격을 가한다.

하지만 『백년의 고독』이 탄생하는 데에는 온갖 우여곡절이 있었다. 1962년부터 1966년까지는 가르시아 마르께스에게 오랜 침묵의 시간이었다. 특히 1965년에는 가족이 멕시코에서 경제적인 위기를 겪는다. 가르시아 마르께스가 광고와 영화에 관련된 일을 하지만 수입이 아주 적었고, 그는 이제 책이 더 이상 나오지 않을 거라 느끼고는 막막해한다. 이전에 낸 책들이 겨우 1000부 정도 팔리고, 운이 좋아도 2000부 정도밖에 팔리지 않았던 것이다.

그러던 그에게 놀랄 만한 일이 일어난다. 1965년 초, 가르시아 마르께스는 아내 메르세데스, 두 아들과 함께 주말 휴가를 보내려고 유명한 해변 도시 아까뿔꼬를 향해 운전을 하고 있었다. 그때 그는 마치 섬광에 눈이 먼 것처럼 강렬한 영감을 받는다. 오랜 세월 숙고해 온 소설이 구체적으로 떠오른 것이다. 즉시 차를 돌려 멕시코시티 산 앙헬 지구의 로마 거리 19번지에 위치한 집으로 돌아온 그는 '마피아의 동굴'이라 불린 자신의 집에 틀어박혀 하루에 다섯 갑의 담배를 피워대고 매일 여덟 시간 이상을 타자기와 씨름하면서 마치 외할머니가 자신에게 이야기를 들려주듯 소설을 써 내려간다.

그동안 가르시아 마르께스와 부인 메르세데스는 자주 친구들로부터 먹을거리가 들어 있는 바구니를 선물받는다. 이 같은 '일용할 양식'뿐만 아니라 다양한 방식으로 호의를 베풀어 준 사람들 가운데 대표적인 인물은 시인이자 예술 평론가인 호미(호세 미겔) 가르시아 아스꼿과 에스파냐 출신 작가인 부인 마리아 루이사 엘리오다. 가르시아 마르께스는 『백년의 고독』의 헌사를 통해 이들이 물심양면으로 베푼 은혜에 보답한다.

"호미 가르시아 아스꼿과 마리아 루이사 엘리오에게."

두 사람은 자신들이 가르시아 마르께스에게 베푼 호의가 나중에 전 세계에 널리 알려질 것이라는 점을 당시에는 상상조차 할 수 없었을 것이다. 아무튼, 당시 궁핍한 집안 살림을 온전히 떠맡은 메르세데스는 자식들을 먹여 살리기 위해 산 앙헬 지구의 푸줏간, 빵 가게, 채소 가게에서 외상으로 양식을 구입한다.

가장인 가르시아 마르께스가 6개월 안에 끝낸다는 생각으로 소설을 쓰기 시작했지만, 실제로는 무려 18개월이 걸렸기 때문에 가족이 겪은 경제적인 궁핍 또한 그만큼 길어진다.

1966년 9월, 드디어 『백년의 고독』이 탈고된다. 그동안 여러 문학 잡지가 이미 소설의 일부를 게재한 상태였는데, 가르시아 마르께스가 건네준 제1장을 읽은 까를로스 푸엔떼스는 극찬을 아끼지 않는다.

가르시아 마르께스와 아내 메르세데스는 약 500쪽에 달하는 두툼한 원고 뭉치를 아르헨티나 부에노스아이레스의 수다메리까나Sudamericana 출판사로 보내기 위해 자택에서 가까운 우체국으로 간다. 하지만 무게를 재서 운송료를 계산해 보니 당시 가르시아 마르께스 부부가 가진 돈으로는 반밖에 못 보낼 상황이었다. 나머지 운송료는 나중에 줄 테니 외상으로 해 달라고 창구 여직원에게 간청해 보지만, 매몰차게 거절당하고 만다. 하는 수 없이 원고 뭉치 반을 가지고 집으로 돌아온 가르시아 마르께스는 전당포로 가서 헤어드라이어, 난로, 믹서 등 가전제품을 저당 잡히고 돈을 마련한 뒤 우체국으로 가서 나머지 원고를 보낸다. 당시 수다메리까나 출판사의 편집장 빠꼬 뽀루아는 가르시아 마르께스가 보낸 원고를 받아 잡지 《뻬리메라 뻘라나Primera Plana》의 편집장이던 작가 또마스 엘로이 마르띠네스에게 건넸고, 원고를 읽은 또마스는 작품에 매료되어 그 '천재적인' 작가를 취재하라며 기자를 멕시코로 파견한다.

드디어 1967년 5월 30일, 『백년의 고독』이 출간된다. 책은 6월 첫 주에 서점에 출시되자마자 선풍적인 인기를 끈다. 광고를 전혀 하지 않았건만 출간된 지 2주 만에 8000부가 팔리고 매주 재쇄를 거듭한다. 그동안 고작해야 1000여 부를 판매하던 작가에게는 눈물 나게 고맙고, 고무적인 현상이었다. 그 후 『백년의 고독』은 3년 만에 50만 부가 팔리고 20개 언어로 번역된다. 1969년에는 이탈리아에서 '치안치아노상'을 수상하고 프랑스에서는 '최고의 외국 책'으로 선정된다. 이어 1970년에는 영어본이 출간되고, 미국에서는 '올해 최고의 책 12권' 가운데 하나로 선정된다. 또 1971년에는 뉴욕의 컬럼비아대학교가 가르시아 마르께스에게 명예박사 학위를 수여한다. 나아가 1972년에는 '노이스타드 국제 문학상', 라틴아메리카 최고 권위의 '로물로 가예고스상'을 수상하고, 1982년에는 드디어 '노벨 문학상'을 수상하기에 이른다. 그때 그의 나이 쉰다섯 살이고 여든

일곱 살에 타계했으니, 약 32년 동안 세계 문학의 왕좌를 차지하는 행운을 누린 셈이다. 2007년, 에스파냐 한림원과 에스파냐어 학술원 연합회는 가르시아 마르께스 탄생 80주년과 『백년의 고독』 발간 40주년을 기념하기 위해 소설을 새로 출간한다. 『백년의 고독』이 유사 이래 에스파냐어권에서 쓰인 위대한 작품 가운데 하나라고 간주했기 때문이다.

『백년의 고독』은 미국대학위원회가 대학입학자격시험SAT을 잘 치르는 데 필수적이라고 판단한 '추천 도서' 목록에 올라 있고, 《뉴스위크》가 선정한 '세계 100대 명저'이며, 영국의 BBC 방송이 추천한 '꼭 읽어야 할 책'이다. 『백년의 고독』에 대한 관심은 한국에서도 예외가 아니다. 서울대학교를 비롯한 명문대학교의 권장 도서 '100선'에 들어가 있다. 뿐만 아니라 이 도발적이고 '반역(항)적인' 소설이 2018년에 대한민국 국방부의 '진중문고'로 선정되어 육해공군 각 부대의 도서관에 배치되었다. 일사불란하게 행동하고, "명령에 죽고 명령에 사는" 대한민국 군인들이 병영에서 창조적인 '광기'를 지닌 마꼰도 주민들을 만나고 폭과 깊이를 헤아리기 어려운 그들의 '마술적' 삶을 체험할 수 있게 되었다. 가르시아 마르께스가 희구하던 '유토피아적 세상'이 어느 정도 가까워진 것일까?

출간 50주년이 되는 2017년까지 『백년의 고독』은 가장 많은 언어로(에스페란토어를 포함해 적어도 50개) 번역되었으며, 번역서를 제외한 판본이 100개 이상 존재하고, 총 8000만여 부가 팔린다. 2000년도에 고서적을 전문으로 다루는 영국 에이전시는 가르시아 마르께스가 서명한 『백년의 고독』 초판본 한 권을 3000달러에 판매한다. 2019년에는 넷플릭스가 『백년의 고독』을 에스파냐어 TV 시리즈로 제작한다고 발표했는데, 서사가 워낙 복잡하고 방대한 마술적 사실주의 작품이라 어떤 결과물이 탄생할지 기대하는 반응이 벌써부터 뜨겁다.

『백년의 고독』은 총 20개 장으로 구성되어 있는데, 100년 동안 이어진 마꼰도의 영고성쇠 과정을 따라 세 부분으로 나눌 수 있다. 제1부(1~3장)는 마꼰도가 설립되어 외부 문명을 받아들이며 성장하는 과정을, 제2부(4~15장)는 마꼰도에서 과학이 발전하고 경제가 번영하지만, 정치·경제적 이상의 타락으로 마꼰도에 부정적인 변화가 일어나는 과정을 다루고, 제3부(16~20장)는 마꼰도의 쇠퇴와 파멸에 관해 다룬다. 이 책의 한 장에서 분석 대상으로 삼은 역사·정치적인 면모는 주로 19세기 말과 20세기 초에 콜롬비아에서 일어난 두 차례의 사회 변혁 운동을 다룬 제2부에 형상화되어 있다. 5~9장에서는 주로 정치적 의미가 강하게 드러나는 '천일 전쟁'을 다루고, 천일 전쟁과 바나나 농장의 파업 사건을 연결해 주는 10장과 11장을 거쳐 12장부터 15장까지는 호세 아르까디오 세군도와 동료 노동자들이 바나나 농장에서 일으킨 파업과 정부군의 노동자 학살 사건을 다룬다.

100년 동안 지속된 이야기를 간단하게 요약하면 다음과 같다.

사촌 사이인 우르술라와 호세 아르까디오 부부는 근친상간으로 돼지 꼬리가 달린 자식이 태어날지도 모른다는 두려움 때문에 고향을 떠나 마꼰도라는 고립된 마을을 세운다. 초기에 집시들이 마을에 찾아와 신기한 외부 문물을 주민들에게 소개하는데, 이는 호세 아르까디오가 외부 세계의 과학적인 지식을 받아들이도록 자극하는 기제가 된다. 부엔디아 가문 사람들의 고독은 다양한 방식으로 표출되지만, 마꼰도의 고립은 오래 지속되지 않고, 정부에서 파견한 조정관(시장)의 부임, 내전, 철도 건설, 미국인들의 바나나 농장 건설 등을 통해 외부 세계와 접촉하면서 마을의 규모가 도시처럼 커진다. 하지만 파업에 참여한 바나나나 농장 노동자들이 대거 학살당하고, 폭풍우와 가뭄이 발생해 바나나 농장이 망한다. 마꼰도는 다시 고독에 휩싸이게 되고, 마을이 생긴 지 100년이 흐른 뒤 부엔디아 가문에 돼지 꼬리가 달린 아들이 태어남으로써 결국 이 세상에서 사라져 버린다.

가르시아 마르께스는 라틴아메리카 대륙이 겪어야 했던 역사의 '리얼리티'에 원시의 토착 신화와 전설을 '마술적으로' 결합해 '시적詩的'으로 변형함으로써 새로운 소설 미학을 창조했다. 고독으로 점철된 '시간의 수레바퀴' 속에서 소멸해 가는 부엔디아 가문의 운명에 블랙 유머와 풍자, 패러디를 마술적·시적으로 융합시킨 이 소설은 소설의 덕목이 '재미'에 있음을 확인해 준다. 한마디로 말해, 『백년의 고독』은 라틴아메리카의 비극적 역사와 인간 조건에 대한 통찰을 유머로 녹여 낸 소설이다. 이렇듯 가르시아 마르께스는 '재미의 미학'을 통해 작품의 대중화를 꾀함으로써 일반 독자를 확보하고 작가들과 비평가들에게는 새로운 소설 미학을 제공한다.

2010년에 노벨 문학상을 수상한 페루의 소설가 바르가스 요사가 평가했듯이 "가르시아 마르께스가 구사하는 언어의 엄밀성, 경제성, 완벽성은 단 한마디도 넘치지 않는다. 그 안에는 모든 것이 촘촘하게, 간결하게 짜여 있다. 가르시아 마르께스는 자신의 표현 수단을 완벽하게 인지한 독창적인 작가다. 그의 수학적이고, 절제되고, 기능적인 서사는 화산처럼 분출되는 호흡 같은 스타일로, 상상력의 가장 대담한 창조물들에 동작, 매력, 생명력을 불어넣을 수 있는 강력하고 번쩍이는 강으로 변해 있다."

가르시아 마르께스의 자서전 제목이 『이야기하기 위해 살다 Vivir para contarla』일 정도로 그에게 '이야기하기'의 의미는 크다. 따라서 이 책에서는 독자들이 '이야기를 듣는(읽는) 즐거움'을 향유할 수 있도록 가급적이면 『백년의 고독』과 관련 문헌을 많이 인용했다. 물론, 글쓴이의 문체도 이야기의 전략과 미학이 반영되도록 애를 썼는데, 글쓴이가 워낙 천학비재해서 그 결과가 만족스럽지 않을 수도 있을 것이다. 어찌 되었든 『백년의 고독』을 비롯한 가르시아 마르께스의 작품들이 한국의 독자들에게 라틴아메리카의 삶, 라틴아메리카 문학의 묘미, 마술적 사실주의, '재미의 미학', '이야기의 의미와 가치'가 무엇인지 제대로, 오랫동안 알려 주기를 소망한다.

| CONTENTS |

여는 말: 소설을 살린 소설 · 5

제1장 고독에 관한 이야기 · 19

1. 라틴아메리카의 고독 · 19

2. 백년의 고독 · 40

제2장 경이로운 현실과 마술적 사실주의 · 73

1. 경이로운 현실 · 73

2. 마술적 사실주의 · 111

제3장 현실과 허구의 경계 허물기 · 137

1. 현실의 시적 변형 · 137

2. 고독한 사람들의 마술적인 삶 · 140

3. 규정이 불가능한 소설 · 183

제4장 문학으로 부활한 역사와 정치 · 185

1. 호모 폴리티쿠스와 호모 로켄스 · 185
2. 역사 속 개인의 정치적인 삶 · 188
3. 정치적 '기억'의 문학화 · 193
4. '유토피아' 건설하기 · 225

맺는말: 사랑하기 때문에 이야기한다 · 229

부록1: 부엔디아 집안의 가계도 · 233

부록2: 가보의 외가댁 평면도 · 234

참고문헌 · 235

일러두기

1. 이 책은 소설 『백년의 고독(Cien años de soledad)』(민음사, 2019), 자서전 『이야기하기 위해 살다(Vivir para contarla)』(민음사, 2007), 평전 『씨앗으로 돌아가다(El viaje a la semilla)』(Alfaragua, 1997), 각종 문헌, 기사, 인터뷰, 그리고 그동안 필자가 출간한 논문, 기고문, 필자의 강의록 등에 기반하고 있다. 또한 이 책이 학술적인 성격을 두드러지게 드러내고 있음에도, 가르시아 마르께스의 문학 세계와 '재미의 미학'을 한국의 다중 독자들에게 널리 알리겠다는 의도로 쓰였기 때문에 인용문의 출처는 일일이 밝히지 않는다.
2. 이 책에서는 국립국어원의 '외래어 표기법'에 따른 에스파냐어 고유명사 표기가 본래의 느낌이나 가르시아 마르께스의 문학론을 제대로 대변해 주지 못한다는 판단하에 이 표기법을 따르지 않고 가능한 원어 발음에 가깝게 음역했다. 현지의 고유명사들이 내뿜는 시적 울림을 따라가다 보면 가르시아 마르께스의 문학이 풍기는 시적 향취를 더욱 잘 느낄 수 있을 것이다.

제1장
고독에 관한 이야기

1. 라틴아메리카의 고독

1982년 10월 21일 새벽, 가르시아 마르께스는 자신이 노벨 문학상 수상자로 선정되었다는 소식을 받는다. 그는 1981년 3월 26일에 정치적인 이유로 콜롬비아를 떠나야 했기 때문에 당시에는 멕시코에 망명 중이었다. 콜롬비아 군부는 그가 게릴라 단체 M-19와 결탁했을 가능성이 높으며, 사회주의적 색채를 띤 잡지 《알떼르나띠바Alternativa》를 5년 동안 발행했다는 이유로 그를 체포하려고 했었다.

가르시아 마르께스의 노벨상 수상은 콜롬비아뿐만 아니라

라틴아메리카 전역에서 대단한 문화적 사건이었다. 멕시코의 '국민 작가' 후안 룰포는 "여러 해 만에 처음으로 공정한 문학상이 수여되었다"고 평했다. 노벨상 수상식은 12월 8~10일에 스톡홀름에서 거행되었는데, 나중에 알려진 바에 따르면, 가르시아 마르께스는 영국 작가 그레이엄 그린, 독일 작가 귄터 그라스와 경합했다.

노벨상 수상식장에서 가르시아 마르께스는 두 가지 행위를 통해 자신이 지닌 심오한 라틴아메리카적 감정을 확인해 주었다. 하나는 1982년 12월 8일 수요일, 식장을 가득 메운 초대 손님 400명 앞에 그가 외할아버지와 내전에 참전했던 대령들이 입었고, 카리브 내륙 지역에서는 여전히 예복처럼 입는 옷인, 하얀 리넨으로 만든 고전적이고 정갈한 '리낄리께'를 입고 등장했다는 것이다. 또 하나는 8개 언어로 동시 통역된 연설 〈라틴아메리카의 고독La soledad de América Latina〉을 통해 라틴아메리카의 과거와 현재, 미래를 예리하게 분석하고 창의적인 대안을 제시했다는 것이다.

연설문은 라틴아메리카의 사회·역사·문화·문학예술의 제반 문제를 심오하게 분석하고 해석해 고매한 문체로 표현한 하나의 문학작품으로서, 그의 민족주의적 개성, 라틴아메리카 대륙과 시민들의 운명에 대한 신념을 멋지게 드러낸 것이었다. 평소에 빈곤층과 약자 편에 서서 서구의 경제적 착취와 국내의 압제에 강력히 저항해 오던 그는 라틴아메리카의 현실에서 비롯되는 '고독', 즉 에스파냐의 식민지배, 서구 열강의 침탈, 미국의 지원을 받은 독재자들의 비이성적인 철권통치, 이런 것들로 인한 정치 불안, 부정부패, 빈부격차, 인권유린 등 총체적인 삶의 고통을 겪어야 했던 라틴아메리카가 지닌 '고독'의 문제를 은유적이고 웅변적인 어조로 전 세계에 설파한다. 라틴아메리카의 현실에 대해 이야기하면서, 라틴아메리카가 지닌 고독의 원인을 대내적인 것과 대외적인 것으로 구분한다. 즉, 이 땅에 내재한 고독한 특성이 라틴아메리카를 고독하게 만들기도 하지만 고독의 핵심은 타인(서구 유럽인)들이 이기적이고 편협한 시각으로 라틴아메리카를 바라보고 자기 방식대로 재단하는 데서 비롯된다고 판단함으로써, 그 타인들이 자신들의 시각과 재단 방식을 스스로 바꾸기를 호소한다. 또 라틴아메리카의 존재 이유를 존중해 주고, 이 지구상에 자기들과 함께 존재하는 대상으로 인정할 것을 요구한다. 그리고 라틴아메리카가 새로운 유토피아를 건설하는 데 편견 없이 동참하라고 제안한다.

1) 어리석은 독재자들의 광기

가르시아 마르께스에 따르면, 라틴아메리카의 존재 이유를 전적으로 무시한 채 시행된 에스파냐의 식민지배가 종말을 고한 뒤, 어리석음과 광기로 무장한 일부 정치 지도자가 비열하고 부자연스럽고 유혈이 낭자한 투쟁을 통해 에스파냐 지배의 공백을 더욱더 악랄한 수법을 동원해 채우게 되었으며, 이런 과정을 거치면서 라틴아메리카의 고독은 더욱 심화된다.

에스파냐 지배로부터의 해방은 우리를 광기에서 해방시키지 못했습니다. 멕시코에서 세 번에 걸쳐 독재를 자행한 안또니오 로뻬스 데 산따나 장군은 소위 '파이 전쟁'에서 잘려 나간 오른 다리를 장엄한 장례식을 치러 가며 매장했습니다. 16년 동안 절대군주처럼 에콰도르를 통치한 가브리엘 가르시아 모레노 장군이 죽자 그의 시체는 정복이 입혀지고 훈장들을 흉갑처럼 두른 채 대통령 의자에 앉혀져 추념되었습니다. 농민 3만 명을 잔인하게 학살한 엘살바도르의 접신론자 폭군 막시밀리아노 에르난데스 마르띠네스 장군은 자기 음식에 독이 들어 있는지 확인하기 위해 진자처럼 생긴 도구를 고안해 내고, 성홍열을 퇴치하기 위해 가로등을 빨간 종이로 감싸도록 했습니다. 떼구시갈빠 중앙광장에 세워진 프란시스꼬 모라산 장군의 동상은 실제로 파리의 중고 조각품 창고에서 구입한 미셸 네 원수의 것입니다.

— 〈라틴아메리카의 고독〉

가르시아 마르께스는 『족장의 가을』을 쓸 준비를 하면서 라틴아메리카의 독재자들, 특히 카리브 지역의 독재자들에 관해 손에 잡히는 것이라면 뭐든지 읽고 연구했는데, 이는 구상 중이던 작품이 가장 비현실적으로 보이도록 하기 위해서였다고 한다.

멕시코시티에서 일어난 폭동으로, 빵 가게를 약탈당한 프랑스인의 청원을 들어주기 위해 1838년에 프랑스 군함이 베라끄루스 항구를 포격한 '파이 전쟁La Guerra de los Pasteles'이 발발하는데, 이때 안또니오 로뻬스 데 산따나는 전장에서 다리 하나를 잃는다. 그는 절단된 다리를 대주교의 강복을 받으며 멕시코시티 대성당에 장엄하게 안치했다. 그 다리는 로뻬스 데 산따나가 실각할 때마다 분노한 군중이 끄집어냄으로써 거리를 굴러 다녔고, 그가 권력을 다시 잡을 때면 예전과 같이 장엄한 의식을 치러 강복을 받으며 다시 안치되었다.

가장 비현실적으로 보이는 사람들, 가장 비현실적으로 보이는 일들을 꾸미고 실현시킨 사람들이 바로 라틴아메리카의 독재자들이었던 것이다. 가르시아 마르께스는 독재자들의 어리석음과 광기가 라틴아메리카의 고독을 심화시킨 요인 가운데 하나라고 생각했고, 이는 그의 다양한 작품에 직·간접적으로 소개된다.

2) 정치적 폭력과 민중의 수난

라틴아메리카에서 비이성적이고 비합리적인 과거와 독재의 잔재를 청산하고 이성과 합리가 통하는 자율적인 사회를 건설하려는 다양하고 지난한 노력은 번번이 저항에 부딪히고, 그 결과 조국과 민족을 위해 투신한 정치 지도자들과 순수한 열정을 지닌 민중은 고통과 수난을 겪게 된다.

우리는 한순간도 마음 편히 지낸 적이 없습니다. 불길에 휩싸인 대통령궁에서 버티던 프로메테우스 같은 어느 대통령은 혼자서 군대 전체와 싸우다 숨을 거두었고, 수상하기 짝이 없지만, 아직도 그 원인이 분명히 밝혀지지 않은 두 번의 비행기 사고는 위대한 마음을 지닌 또 다른 지도자의 목숨과 자기 민중의 존엄성을 복구시킨 민주적인 군인의 목숨을 빼앗았습니다. 이 시기에 다섯 번의 전쟁과 열일곱 번의 쿠데타가 일어났고, 라틴아메리카에서 우리 시대 처음으로 하느님의 이름을 걸고 민족을 말살하는 악마 같은 독재자도 출현했습니다. 그동안 2000만 명의 라틴아메리카 어린이가 채 두 살이 되기 전에 죽었습니다. 이는 1970년 이후 서유럽에서 태어난 모든 아이의 수를 상회하는 것입니다. 정치 탄압으로 실종된 사람은 12만여 명에 이르는데, 이는 스웨덴 웁살라의 모든 시민이 실종된 것과 같습니다. 임신한 채 체포되어 아르헨티나 감옥에서 아기를 낳은 수많은 여인은 군부에 의해 비밀리에 입양되었거나 어느 고아원에 수용되었을 자기 아이들의 행방도, 얼굴도 모릅니다. 이런 일이 계속해서 일어나지 않기를 소망하던 20만 명에 가까운 남녀가 라틴아메리카 전 대륙에서 죽었고, 10만 명 이상이 중미에 있는 작지만 의욕이 넘치는 나라 니카라과, 엘살바도르, 과테말라에서 숨을 거두었습니다.

만일 이런 일이 미국에서 일어났다고 가정한다면, 미국인 160만 명이 4년간 폭력에 희생된 것과 같은 수치에 상응할 것입니다. 친절을 전통으로 간직한 나라 칠레에서는 인구의 10퍼센트에 해당하는 100만 명이 조국을 떠나야 했습니다. 인구 250만 명을 지닌 작은 나라이지만 라틴아메리카 대륙에서 가장 문명화된 나라로 여겨졌던 우루과이에서는 다섯 명당 한 명꼴로 망명을 떠나야 했습니다. 엘살바도르 내전은 1979년 이후 거의 20분에 한 명꼴로 피난을 가게 만들었습니다. 라틴아메리카로부터 강제로 이주했거나 망명한 사람들로 나라 하나를 만든다면 그 나라는 노르웨이보다도 더 많은 인구를 가질 것입니다.

— 〈라틴아메리카의 고독〉

1970년 칠레에서는 인민연합Unidad Popular의 사회주의자 살바도르 아옌데 후보가 대통령에 당선된다. 아옌데는 전반적인 개혁 정책을 단행했으나 과격한 개혁과 경제 침체로 국가가 혼란에 빠지고, 그때까지 정치적 중립을 고수하던 군부는 1973년 9월 11일 쿠데타를 일으켜 대통령궁을 침공한다. 불길에 휩싸인 대통령궁에서 총을 들고 프로메테우스처럼 버티던 아옌데는 현장에서 즉사했고, 그의 죽음이 자살인지 타살인지는 의견이 분분하다.

'수상하기 짝이 없지만 아직도 원인이 분명히 밝혀지지 않은 두 번의 비행기 사고'로 사망한 두 사람은 에콰도르의 하이메 롤도스 아낄레라Jaime Roldós Aquilera와 파나마의 오마르 또리호스 에레라Omar Torrijos Herrera다.

에콰도르에서는 1972년 2월에 쿠데타가 발생해 기예르모 로드리게스 라라 장군이 집권했다. 군부는 아마존강 유역의 석유 개발, 부채 해결, 국영석유공사 설립, 석유수출국기구 가입 등을 위해 노력한다. 특히 1976년에는 민족주의적 혁명을 선언하고, 산업화와 생활조건 개선을 위해 애를 썼으나 성공하지 못하자 정권을 민간에 이양하기 위해 1978년 1월 국민투표로 새로운 헌법을 채택하고, 그 결과로 1979년 8월에 법률가인 하이메 롤도스 아낄레라가 집권한다. 그는 과감한 농지 개혁을 실행했으나 경제 상황의 악화로 혼란이 계속된다. 그리고 1981년 5월, '위대한 마음을 지닌 지도자' 롤도스 아낄레라는 의심스럽기 그지없는 비행기 사고로 사망한다.

1968년 10월, 파나마에서는 집권한 지 불과 11일밖에 안 된 아르눌포 아리아스를 축출하고 군사 평의회를 결성한 민병대의 또리호스 에레라가 정국의 주도권을 장악한 가운데 1972년, 데메뜨리오 라까스가 집권한다. 그리고 신헌법에 의해 민병대 사령관 또리호스 에레라에게 특권을 부여해 미국 정부와 협상을 벌여 나간다. 1977년 미국의 카터 대통령과 신운하 조약을 체결해 1999년 12월 31일까지 파나마 운하를 미국과 파나마 양국이 공동관리하고, 그 후에는 파나마에 모든 권리를 완전히 이양하게 된다. 그런데 '자기 민중의 존엄성을 복구시킨 민주적인 군인' 또리호스 역시 1981년 7월에 원인 모를 비행기 사고로 사망하고 만다.

쿠데타를 통해 출현해 '라틴아메리카에서 우리 시대 처음으로 민족을 말살하는 악마 같은 독재자'는 바로 아우구스또 삐노체뜨다. 1973년 아옌데의 사회주의 정권을 전복시킨 삐노체뜨는 야만적인 행위를 통해 아옌데 추종자들을 체포, 경기장에 집어넣은 다음 대량으로 살해했다. 강제수용소로 보내진 사람도, 국외로 추방된 사람도 있었다. 그뿐 아니라 해외에서 살해된 사람도 있었다. 삐노체뜨는 경제 살리기와 민주주의의 확립, 그리고 반공이라는 명분 아래 이런 만행을 저지른 것이다.

20세기 라틴아메리카에서 가장 잔혹한 쿠데타로 불리는 폭거를 통해 삐노체뜨가 집권함으로써 적어도 3197명이 실종되었고, 체포 또는 고문을 당하거나 외국으로 망명한 인사도 수십만 명에 이르는 것으로 알려졌다.

이런 상황에서 가르시아 마르께스가 가만히 있었을 리가 없다. 그는 1976년 정치적인 이유로 멕시코에 정착한 뒤에 삐노체뜨가 권좌에 머무는 한 소설을 출판하지 않겠다고 선언한 뒤, 기자·작가 정신을 되살려 5년 동안 언론매체에 정치적인 기사를 주로 썼다. 이렇게 하는 것이 칠레의 군사 독재에 항거하는 가장 효과적인 투쟁이라는 논리였다. 그 뒤 가르시아 마르께스는, 삐노체뜨 쿠데타를 피해 유럽으로 망명했다가 부유한 우루과이 사업가로 변장한 채 칠레에 잠입, 쿠데타 세력이 통치하고 있는 음울하고 억압적인 칠레 현실을 필름에 담은 뒤 극적으로 탈출해 서구 세계에 알린 영화감독 미겔 리띤의 구술을 토대로, 소설 같은 르포르타주 『칠레에 잠입한 미겔 리띤의 모험La aventura de Miguel Littín, clandestino en Chile』(한국어 번역본 제목 '칠레의 모든 기록')을 쓰기도 했다. 그 후 삐노체뜨는 칠레로 송환되어 법의 심판을 받았다.

1974년 7월, 아르헨티나의 후안 뻬론이 사망하자 부인이 대통령직을 계승한다. 테러 활동으로 사회가 극도로 혼란해지고, 결국 1976년 3월 군부가 쿠데타를 일으켜 비델라 장군이 1981년 3월까지 집권하고 이어 비올라로 대체된 군사 정권은 다시 1982년 초에 갈띠에르 장군으로 교체된다. 군부 집권 기간에 테러 활동이 강화되어 군부는 진압 과정에서 테러 분자와 동조자들을 무자비하게 고문·처형했고, 수많은 실종자가 발생했는데, 역사는 군부의 이런 만행을 '더러운 전쟁Guerra Sucia'이라고 불렀다. 임신한 채 체포되어 아르헨티나 감옥에서 아기를 낳은 수많은 여인이 군부에 의해 비밀리에 입양되었거나 고아원에 수용되었을 자기 자식의 행방도, 얼굴도 모르는 일도 발생한다. 아이를 못 낳는 중산층 여인이 입양한 딸이 군사 독재 정권에 희생된 사람의 아이였다는 역사적 사실을 형상화한 영화 《오피셜 스토리The Official Story》는 1976년 3월 쿠데타로 집권한 군사 정권이 7년 동안 자행한 인권탄압을 비롯해, 아르헨티나를 휩쓴 복잡한 정치적 문제와 그 안에서 피어난 인간애를 보여 준다. 1985년 칸 영화제 최우수 여우주연상 등 다수의 수상 경력을 지닌 이 영화는 우리 현대사의 아픈 상처인 '5월의 광주'

를 떠올리게 한다.

라틴아메리카에서 발생한 정치적 폭력과 그로 인한 민중의 수난은 필설로 형용하기 어렵다. 아름답고 풍요로운 땅, 유럽인들이 찾던 유토피아가 있을 것 같은 이 땅 라틴아메리카에서 이런 일들이 광범위하게, 오랫동안 지속되었다는 것은 대단한 아이러니가 아닐 수 없다.

3) 불충분한 전통적 수단

가르시아 마르께스는 라틴아메리카의 고독을 심화시키는 내적 요인들 가운데 라틴아메리카를 알리는 전통적 수단의 불충분을 가장 심각한 문제로 인식한다.

> 올해 내가 스웨덴 한림원의 주목을 받게 된 이유는 이런 엄청난 현실을 단지 문학적으로 표현했기 때문이라기보다는 이 현실 자체 때문이라고 감히 생각해 봅니다. 이 현실은 종이 위에 쓰인 현실이 아니라, 우리가 살아가는 현실이자, 우리가 매일 겪는 무수한 죽음의 순간을 결정하는 현실이고, 비애와 아름다움으로 가득 찬 고갈되지 않는 창작의 샘을 마르지 않게 만드는 것입니다. 그

샘물을 마시며 살아가는 이 향수병에 걸린, 방황하는 콜롬비아인은 그저 운이 좋아 선택되었을 뿐인 또 하나의 보잘것없는 사람에 불과합니다. 이처럼 폭과 깊이를 알 수 없을 정도로 다양하고 자유분방한 현실에서 살아가는 시인과 거지들, 음악가와 예언자들, 전사戰士와 악당들을 비롯한 우리 모든 창조물은 상상력에 아주 조금밖에 의존하지 않아야 했는데, 지금까지 우리가 당면해 왔던 커다란 난관은 바로 우리 삶을 믿게 만들 수 있는 전통적인 수단의 불충분이기 때문입니다. 친구 여러분, 이것이 바로 우리가 지닌 고독의 핵심입니다. — 〈라틴아메리카의 고독〉

라틴아메리카의 식민화는 기존 라틴아메리카의 존재 기반을 송두리째 앗아 가는 결과를 초래했다. 원주민 고유의 삶은 에스파냐 사람들이 도래한 1492년을 기점으로 제대로 표현되지 못했다고 해도 과언이 아니다. 당시까지 다양하기 이를 데 없는 원주민의 언어로 표현되던 라틴아메리카의 마술적 현실과 삶, 즉 라틴아메리카라고 하는 전통적인 공간과 그 공간에서 축적된 역사적 시간은 에스파냐 사람들의 식민주의적 인식을 통해 에스파냐어로 표현될 수밖에 없는 처지에 처하게 되었던 것이다. 어찌 보면 에스파냐어는 라틴아메리카의 모든 현실을 온전히 표현해 낼 수 없는 '절름발이 언어'일 수 있다. 라틴아메리카는 '폭과 깊이를 알 수 없을 정도로 다양하고 자유분방한 현실'이기 때문에 특별한 상상력을 필요로 하지 않을 수도 있겠지만, 그 삶을 믿게 만들 수 있는 전통적인 수단까지 불충분하기 때문에 상상의 세계를 표현할 엄두도 못 낸다는 것이 문제인 것이다.

따라서 이처럼 경이로운 라틴아메리카의 현실의 크기를 담아낼 수 있는 새로운 언어 시스템을 발명해야 할 필요성이 있었다. B. W. 이페와 J. W. 버트의 주장에 따르면, 라틴아메리카의 일상적인 삶의 범주는 서유럽이나 미국과 판이하게 다르기 때문에 정치적으로나 윤리적으로 이처럼 근본적인 특수성을 인정하지 않을 수 없다. 따라서 자신들이 발견한 놀라운 신세계를 알기 쉽게 묘사할 수 없었던 정복 초기의 에스파냐 연대기 작가들과 흡사한 상황에 처해 있던 라틴아메리카 소설가들은 카리브 지역의 미신과 야만, 그리고 특이성에 초점을 맞추고 이 세계를 평범한 유럽적 경험과는 근본적으로 다르게 그려냈다. 투박한 비합리성, 비이성이 지배하는 토착 라틴아메리카의 정치·사회적 삶은 납득할 수 없는 폭력과 복수로 점철되어 있었기 때문이다. 바로 이러한 접근의 결과가 종종 환상으로 읽히기도 하지만, 소설가들은 환상적 혹은 마술적 속성이란 라틴아메리카의 일상생활을 지배하는 요소라고 주장한다. 이페와 버트는 최근 라틴아메리카 소설이 초현실주의적인 미신과 환상 같은 것을 일상 속으로 틈입시킴으로써 국제적인 성공을 거둘 수 있었던 것은 상당 부분 서구 문학이 보여 주는 개인적인 비극에 싫증이 난 전 세계 독자들에게 자극적인 대안을 제시하기 때문이라고 진단한다. 이는 라틴아메리카가 '비이성과 비합리가 지배하는 무의식의 세계'가 아니라는 사실을 독자들이 어느 정도 인지하게 되었다는 것을 의미한다.

4) 편향된 시각과 인식

아이러니하게도 라틴아메리카의 고독을 심화시키는 요인 가운데 일부는 외부에서 비롯된다. 식민화 이후 라틴아메리카는 오로지 서구 제국주의자들의 논리에 따라 자리매김되고, 그들의 오감과 언어를 통해서만 외부 세계에 알려졌기 때문이다. 문제는 그들의 판단에 우월의식과 편견이 가득 들어 있었다는 것이다.

만일 이런 난관들이, 이 난관들의 본질을 공유하고 있는 우리를 우둔하게 만든다면, 자신의 문화를 보면서 자아도취에 빠져 있는 서구의 이성적 재능이 우리를 해석하는 데 효과적인 수단을 갖추지 못하게 되리라는 점을 어렵지 않게 이해할 수 있습니다. 삶을 황폐화시키는 것들이 모두에게 동일하지 않다는 사실을 기억하지 않은 채, 또 우리가 우리의 정체성을 찾는 일이, 그들에게도 그랬듯이, 너무나 아리고 피비린내 나는 것이라는 사실을 기억하지 않은 채, 그들이 자신들을 재는 동일한 잣대로 우리를 재겠다고 고집한다 해도 이해는 할 수 있는 문제입니다. 우리 현실을 타인의 방식으로 해석하는 행위는 갈수록 우리를 이해하기 어려운 존재로 만들고, 갈수록 우리를 덜 자유롭게 만들며, 갈수록 우리를 더 고독하게 만드는 데 이바지할 뿐입니다.

아마도, 만약 존경받는 유럽이 자신의 과거에 비추어 우리를 보려고 노력한다면 타자로부터 더 많은 이해를 받을 것입니다. 런던이 첫 성벽을 건설하는 데 300년이란 세월이 걸렸으며 주교를 갖는 데 또 다른 300년이 걸렸고, 로마는 에트루리아의 왕이 자신의 나라를 인류 역사 속에 이식할 때까지 20세기 동안이나 불확실성의 암흑 속에서 투쟁했으며, 부드러운 치즈와 정확한 시계로 우리를 즐겁게 하는 오늘날의 평화 민족인 스위스 사람들은 16세기에 들어서도 돈과 모험을 추구하는 용병이 되어 유럽을 피로 물들였습니다. 심지어는 르네상스가 절정에 달했을 때도 로마 제국 군대의 돈을 받고 고용된 1만 2000명의 독일 용병이 로마를 약탈하고 유린했으며, 8000명의 로마 주민을 칼로 찔렀습니다.

— 〈라틴아메리카의 고독〉

사실, 거대한 산, 강, 평원, 열대림이 어우러진 자연에서 아스떼까, 마야, 잉까 등 찬란한 원주민 문명을 일구어 왔던 땅이 '라틴아메리카'라고 불리게 됨으로써 지니게 된 비극적인 면모는 콜럼버스의 신대륙 '발견'이라는 말에서부터 파생되었다고 해도 과언이 아니다. '발견하다'라는 동사에는 '감추어져 있던' 무엇을 드러낸다는 의미가 있고, 그 '무엇'은 드러낸 자의 탐욕, 소유, 지배의 대상이 될 수도 있다는 역설이 가능하기 때문이다. '지구는 둥글다'고 믿던 콜럼버스는 카리브해에 도착한 뒤 여성의 유방처럼 생긴 지구에서 카리브는 유두에 해당한다고 생각함으로써 카리브를 여성화시켜 버렸고, 그로 인해 그를 포함한 유럽의 정복자들이 라틴아메리카를 소유와 지배의 대상으로 삼을 수 있는 구실을 마련했다. 이제 유럽인들의 소유와 지배의 대상이 된 라틴아메리카는 고유의 문화를 잃어버린 채 소유자와 지배자의 의도에 따라 존재하게 되어 버렸다. 이런 과정은 라틴아메리카가 자신의 본 모습을 세상에 드러내는 것이 아니라 은폐되어 버리는 결과를 초래했다.

따라서 유럽인들의 의도대로 만들어지고, 유럽인들의 눈과 생각을 통해서만 드러나는 라틴아메리카의 고독은 "명민하고 사리판단이 바른" 유럽인들이 자신들의 사고방식을 수정하고 라틴아메리카를 있는 그대로 수용할 때만 해소될 수 있다는 가르시아 마르께스의 탈중심주의적 논리, 탈식민지주의적 논리는 타당해 보인다. 이제는 열대성 자유, 비이성과 비합리가 자연스럽게 수용되는 마술적인 세계, 이러한 것들이 행복한 삶을 결정짓는 요소가 될 수 있는 세계인 라틴아메리카의 모습을 있는 그대로, 편견 없이 바라보는 것이 필요할 때라는 것이다.

가르시아 마르께스는 다음과 같은 말로 노벨 문학상 수상 연설을 마친다.

오늘 같은 어느 날, 내 스승 윌리엄 포크너는 바로 이 장소에서 "나는 인류의 종말을 인정하기를 거부한다"고 말했습니다. 내가 만일, 그가 32년 전에 인정하기를 거부했던 거대한 재앙은, 이세, 인류가 시작된 이래 최초로 과학적 가능성에 불과하다는 확실한 인식을 지니고 있지 않다면 스승이 서 있던 이곳에 내가 감히 서 있을 자격이 있다고 생각하지 않을 것입니다. 인류의 모든 역사를 통해 하나의 유토피아처럼 보였음에 틀림없는 이런 가공할 만한 현실 앞에서, 뭐든지 믿는 우화의 창조자들인 우리가 예전 것과 반대되는 유토피아를 창조하는 작업을 실행하기에 아직 많이 늦지는 않다고 믿을 권리가 있다는 생각입니다. 그곳은, 그 누구도 우리의 삶과, 심지어는 죽음의 방식에 관해서도 결정할 수 없는 곳이고, 행복이 진실로 가능한 곳이고, 100년의 고독을 선고받은 가족들이 마침내 그리고 영원히 이 지상에서 제2의 기회를 가질 수 있는, 삶의 새롭고 완전한 유토피아입니다.

— 〈라틴아메리카의 고독〉

그동안 라틴아메리카 사람들은 결핍과 고통으로 얼룩진 삶을 영위하면서 자신들에게 가해지던 다양한 억압과 수탈에 맞서 왔다. 홍수나 페스트, 기아와 대격변, 심지어는 수 세기 동안 지속된 영원한 전쟁도 죽음보다 우선하는 끈질긴 삶의 장점을 축소할 수 없었다. 이런 삶을 살기 위해 한편으로는 처절하고, 한편으로는 '유용성과 즐거움'을 추구한 가르시아 마르께스가 꿈꾼 현실은 그 누구도 라틴아메리카 사람들의 삶을 부당하게 간섭할 수 없고, '100년의 고독'을 선고받은 가족들이 마침내 그리고 영원히 이 지구상에서 제2의 기회를 가질 수 있는, 고독까지도 아름답고 정겹고 살가운, 삶의 새롭고 완전한 유토피아다.

여기서 한 가지 재미있는 사실은, 가르시아 마르께스가 연설문의 말미에서는 "100년의 고독을 선고받은 가족들이 마침내 그리고 영원히 이 지상에서 제2의 기회를 가질 수 있"다고 했지만(1982), 『백년의 고독』의 마지막 부분에서는 "100년의 고독한 운명을 타고난 가문들은 이 지상에서 두 번째 기회를 갖지 못"한다고 썼다는 것이다(1967).

그는 마지막 행에 도달하기 전에 자신이 그 방에서 절대로 나가지 못하리라는 사실을 이미 이해했는데, 그것은 아우렐리아노 바빌로니아가 양피지의 해독을 마친 순간 거울의 도시(또는 신기루들)는 바람에 부서질 것이고, 인간의 기억으로부터 사라져 버릴 것이고, 또 100년의 고독한 운명을 타고난 가문들은 이 지상에서 두 번째 기회를 갖지 못하기 때문에 양피지에 적혀 있는 모든 것은 영원한 과거로부터 영원한 미래까지 반복되지 않는다고 예견되어 있었기 때문이다.

—『백년의 고독』

15년의 세월이 흐르는 동안 라틴아메리카의 삶과 미래에 대한 가르시아 마르께스의 관점이 더 희망적으로 바뀐 것일까?

2. 백년의 고독

'고독'은 가르시아 마르께스의 대다수 작품을 관통하는 테마인데, 라틴아메리카가 지닌 고독의 문제가 세계적인 반향을 불러일으키게 된 동기는 뭐니 뭐니 해도 『백년의 고독』의 힘이 크다고 할 것이다. 『백년의 고독』에서는 고독이라는 문제가 문학적 형상화 내지는 '시적 변형' 과정을 거쳐 대단히 다층적이고 다채롭게 드러난다.

1) 마꼰도의 고독과 나선형적 시간

『백년의 고독』이 배양되어 삶의 일부를 이루게 되는 공간 마꼰도는 신화적 레벨에서는 에덴의 은유를 내포하고 있는 죽음이 없는 세계이자, 라틴아메리카의 역사적 맥락에서는 에스파냐 사람들에 의해 발견된 신대륙 아메리카를 상징하고, 라틴아메리카의 모든 변두리 마을과 지방을 대변한다. 초기의 단절과 고립으로부터 식민화, 미 제국주의화로 이행되는, '일탈 또는 전도顚倒'의 역사를 내포하고 있기도 하다. 그럼에도, 마꼰도는 여러 가지 면에서 에덴동산, 유토피아, 무릉도원 같은 곳을 연상시키기에 충분하다. "주민들이 그때까지 알고 있던 그 어떤 마을보다 잘 정비되고 부지런한 마을"인 마꼰도는 자원이 풍부하고 위기의식도 없으며, 그 누구도 사망한 적이 없는 낙원이다. 하지만 초기에 원시적 형태를 유지하던 마꼰도는 점차 현대 문명과 제도의 침투를 받으면서 몰락의 길을 걷기 시작하고, 결국 100년이 흐른 뒤에 고독한 마을로 변해 고독에서 벗어나지 못한 부엔디아 가문 사람들과 더불어 소멸하고 만다.

현실적인 공간이자 신화적인 공간인 마꼰도는 '직선적(역사적)'이고 '원형적(신화적)'인 시간이 중첩 · 혼합된 '나선형' 시간 구조 속에 위치한다. 따라서 『백년의 고독』의 핵심 테마인 '고독'의 의미를 포착하기 위해서는 마을의 설립과 발전, 쇠퇴와 파괴라는 직선적인 역사를 보완하고 소설의 시간적 차원을 확장시키며, 새로이 생명력 있게 펼쳐지는 현재의 꿈을 묘사하는 나선형적 시간, 즉 연속성보다는 동시성을 추구하기 때문에 한 방향으로 흐르는 것이 아니라 돌고 도는 시간, 직선적인 시간을 보완하고 소설의 시간적 차원을 확장시키는 시간과 부엔디아 가문에 총체적으로 선고되어 있는 고독 사이의 관계를 이해해야 할 것이다. 부엔디아 가문의 '고독한' 시간과 역사의 메커니즘은 "끝없이 반복되는 하나의 톱니바퀴, 즉 그 축이 서서히, 고칠 수 없을 정도로 마모되지 않는다면 영원히 계속해서 회전하는 하나의 바퀴"이기 때문이다.

『백년의 고독』에서 '고독'이 테마에 해당하는 것이라면 '100년'은 그 시간적 의미와 함께 작품의 서사적인 면을 포함하는 플롯에 해당한다. 가르시아 마르께스가 작가로서 고심한 것은 자신이 설정한 테마를 어떻게 끌고 나가야 하는가의 문제, 즉 작품의 '톤'을 어떻게 설정하는가의 문제였다.

『백년의 고독』에는 수많은 등장인물과 외면상 다르게 보이는 사건들이 어지럽게, '마술적으로' 뒤섞여 있지만 진지하게 읽어 보면 지속적인 어떤 흐름, 즉 시간·공간 속에서 계속 반복되는 리듬과 패턴을 발견할 수 있다. 또한 여기에는 인류가 시간을 통해 쌓아 올린 모든 문학적 경험, 다시 말하면, 수많은 민속 모티브, 신화, 에피소드가 서로 융합되어 도처에 깔려 있다.

예컨대 마꼰도를 창시한 호세 아르까디오 부엔디아가 연금술에 탐닉하는 것은 불멸을 갈구하는 길가메시의 모험을 상기시키며, 그의 아들 아우렐리아노가 전쟁에 참가하고 나서 고향 마꼰도로 돌아오는 것은 오디세우스의 귀환 모티브와 연결되어 있다. 또 황금을 열망하는 등장인물들의 행위나 여정은 아더왕의 성배 신화, 미다스 신화와 관련되어 있다. 아우렐리아노 세군도를 중심으로 이루어지는 성적인 탐닉과 가축의 다산은 디오니소스 축제를 상기시키고, 등장인물들의 폭식과 낭비, 과도한 연회 장면은 라블레적的 그로테스크 이미지를 연상시킨다. 어린 남성 등장인물들이 삘라르 떼르네라나 뻬뜨라 꼬떼스 같은 여성들과 성적으로 접촉하는 것은 원시민족의 할례 의식이나 사춘기 시절의 성적인 통과의례와 관련이 있다. 여성 주인공들 가운데 특히, 문제 많은 남자 식구들을 다스리며 '집'을 유지하는 우르술라는 도덕성의 화신이고, 삘라르 떼르네라('삘라르Pilar'는 '기둥', '축'을 의미하고, '떼르네라Ternera'는 '암송아지'를 의미한다)는 풍요와 성의 상징적 여신에 비유될 수 있으며, 아마란따는 출산의 여신이나 처녀로 남아 있는 그리스의 대모신大母神 아르테미스를 의미할 수 있다.

모든 등장인물에게서 나타나는 성격이나 행동 양식, 즉 꿈과 현실, 이성과 광기, 절제와 정상에서의 일탈, 육체적인 것과 정신적인 것 등은 인간의 삶을 움직이고 예술을 이끄는 두 가지 원칙인 아폴론적인 것과 디오니소스적인 것의 속성을 제대로 이해하지 못하면 결코 설명될 수 없다. 가르시아 마르께스가 작품 세계를 구축하기 위해 빌려 온 가장 중요한 틀은 모든 서구 문학에 상상력과 동기를 불러일으킨 『성서』나 그리스·로마의 신화일 것이다.

『백년의 고독』에서 나선형적 시간의 문제를 가장 잘 드러내는 상징적인 면모는 세상에 존재하는 것들의 이름 짓기에서 비롯된다. 앞서 언급했다시피 부엔디아 가문의 남자 자손들은 아우렐리아노 또는 호세 아르까디오라는 이름을, 여자 자손들은 우르술라, 아마란따, 레메디오스라는 이름을 반복적으로 사용한다. 한 가지 특이한 점은, 아르까디오라는 이름을 지닌 남자들은 큰 체격에 담이 크고 의욕적이며, 고집 세고 충동적·모험적이며 비극적인 운세를 지니고 있는 데 반해, 아우렐리아노라는 이름을 지닌 남자들은 명민하고 은둔적이며, 말수가 적고 수줍음을 타며 고독한 성격에 예언자적인 면모를 지닌다. 언젠가 우르술라가 스토브에 올려놓은 수프 냄비를 들어 식탁에 놓고 있는 순간에 세 살배기 아우렐리아노가 부엌으로 들어서다가 문가에서 당황해하며 말한다. "냄비가 떨어질 것 같아요." 아이가 이 말을 하자마자 식탁 한가운데에 안전하게 놓여 있던 냄비가 내부의 어떤 힘에 의해 밀리듯 제지할 새도 없이 식탁 가장자리로 움직이기 시작하더니 바닥으로 떨어져 산산조각이 나 버렸다. 그런데 특이한 것은 이들이 심리학적·생물학적으로 동일한 패턴의 성격적 특성을 계승해 나간다는 것이다. 심지어는 "씨앗 좋은 수탉 우리에 암탉을 풀어놓듯 젊은 처녀를 전사의 침실로 들여보내는 풍습"에 따라 각처에서 전투를 벌이던 아우렐리아노 부엔디아 대령의 침실로 들여보내진 각기 다른 여자 열일곱 명에게서 얻은 아들 열일곱 명 또한 나이와 피부 색깔이 저마다 달랐음에도 부계 혈통을 의심할 여지가 없는 고독한 분위기를 풍기고 있었다.

하지만, 가르시아 마르께스는 이 같은 이분법을 아주 교묘하게 뒤틀어 버린다. 부엔디아 가문의 4대손 쌍둥이 형제 호세 아르까디오 세군도와 아우렐리아노 세군도의 경우다. 쌍둥이 형제는 가장 다양한 방식으로 삶을 영위하면서 『백년의 고독』의 후반부를 장식한다.

그들은 어렸을 적에 서로 너무나 닮고, 똑같이 장난이 심해 어머니 산따 소피아 델 라 삐에닷조차 누가 누구인지 구별할 수 없었다. 그들에게 이름을 지어 주던 날 이들의 고모할머니 아마란따는 각각의 이름을 새긴 팔찌를 각자에게 채워 주고, 이름 첫 글자들을 수놓은 색깔이 다른 옷을 입혔지만, 아이들이 학교에 들어가면서부터는 서로 옷을 바꿔 입고, 팔찌도 바꿔 차고, 이름도 바꿔 부른다. 푸른 셔츠를 입은 아이가 호세 아르까디오 세군도라고 알고 있던 교사 멜초르 에스깔로나는 그 아이가 아우렐리아노 세군도의 팔찌를 차고 있고, 다른 아이는 흰 셔츠를 입고 호세 아르까디오 세군도의 이름이 새겨진 팔찌를 차고 있으면서도 자기 이름이 아우렐리아노 세군도라고 주장해서 누가 누구인지 확실히 구분하지 못한 채 지낸다. 아이들이 자라고, 살아가면서 서로 달라지기는 했어도, 우르술라는 아이들이 사람을 혼동시키는 복잡한 장난을 치다가 언젠가는 실수를 했을 수도 있을 것이고, 그러다 서로 영영 바뀌지나 않았는지 계속해서 의구심을 품는다. 사춘기 초까지 그들은 동시에 작동하는 두 개의 기계였다. 동시에 잠에서 깨어 일어나고, 같은 시각에 화장실에 가고 싶은 욕구를 느끼고, 같은 병을 앓았으며, 심지어는 같은 꿈을 꾼다. 아우렐리아노 세군도라 여겨지는 아이는 오른손으로 빵을 뜯고 왼손으로 수프를 먹고, 호세 아르까디오 세군도라 여겨지는 아이는 왼손으로 빵을 뜯고 오른손으로 수프를 먹는다. 두 아이의 동작이 어찌나 정확하게 일치하던지, 한 아이가 다른 아이 앞에 앉아 있는 것이 아니라 한 아이가 거울을 마주 보고 움직이고 있는 것 같았다.

시간이 흐르자 이런 혼란스러운 일도 끝이 난다. 남들을 혼동시키는 장난에서 아우렐리아노 세군도라는 이름으로 행세하던 아이는 할아버지처럼 몸집이 엄청나게 커지고, 호세 아르까디오 세군도라는 이름으로 행세하던 아이는 아우렐리아노 부엔디아 대령처럼 뼈만 앙상해졌는데, 그들이 보존했던 유일한 공통점은 그 집안 식구들이 지닌 고독한 기질이었다.

이렇듯 다양한 특성을 지닌 쌍둥이 형제는 마꼰도의 후반부 삶을 지배하면서 가장 현란하고 복잡한 흔적을 남기고 마침내 최후를 맞는다.

세월이 흘러 호세 아르까디오 세군도는 악취가 진동하는 방안 공기에는 아랑곳하지 않은 채 이해할 수 없는 양피지들을 읽고 또 읽음으로써 바나나 농장 학살 사건에서 희생된 사람이 3000명 이상이었다는 사실을 밝혀 내고 나서 양피지 위로 엎어지더니 눈을 뜬 채 숨을 거둔다. 같은 시각, 그의 쌍둥이 동생 아우렐리아노 세군도는 아내의 집과 정부의 집을 오가며 참으로 파란만장한 삶을 영위한 끝에, 아내 곁에서 죽겠다는 약속을 지키기 위해 아내 페르난다의 침대에서 죽음을 맞이한다. 쌍둥이 형제의 시체는 똑같이 생긴 두 개의 관에 넣어진다. 아우렐리아노 세군도의 요란 법석한 파티 친구들이 그의 관 위에 '암소들아, 그만 낳아라, 인생은 짧다'라는 글귀가 적힌 보랏빛 리본을 매단 화환을 얹자 페르난다는 이 불경스러운 짓에 화를 내며 화환을 쓰레기통에 버리도록 한다. 장례식 마지막 순간의 혼란스러운 분위기 속에서 시체 둘을 집에서 꺼냈던 술 취한 조문객들은 관을 혼동해 두 사람을 각각 다른 무덤에 묻고 만다. 이렇게 해서 쌍둥이 형제는 유년 시절에 각각 뒤바뀌었던 이름과 본성을 죽음을 통해 비로소 되찾게 된다. 이 두 사람의 삶이 워낙 복잡하고 다채로워 일일이 소개할 수는 없지만, 가르시아 마르께스의 천재성을 통해 『백년의 고독』의 후반부를 풍요롭고 흥미롭게 이끌어 간다.

아우렐리아노 부엔디아 대령이 일으키거나 겪은 서른두 번의 반란은 콜롬비아 독립 이후 끊임없이 진행되어 온 좌·우 이데올로기 투쟁의 역사를, 4년 11개월 2일 동안 이어진 대홍수와 10년 동안 지속된 가뭄은 '낙원'에서 저질러진 타락의 정화와 다가올 신생新生을, 그리고 동시에 신생에 대한 소망의 좌절과 고독을 상징한다. 이 밖에도 10년 주기로 3월이면 마을에 찾아오는 집시들, 불길한 일이 일어나는 화요일들, 부엔디아 가문에서 일상적으로 되풀이되는 수많은 사건 또한 시간의 동시성과 순환성, 그리고 그 속에 내재된 고독을 상징한다.

오디세우스의 아내 페넬로페의 행위를 연상시키는, 아마란따가 낮에 수의를 짰다가 밤에 푸는 행위와 아우렐리아노('아우렐리아노Aureliano'는 어원학적·상징적인 의미에서 라틴어의 'aurum황금'과 연관이 있다) 대령이 고독을 '지탱'하기 위해 황금을 녹여 작은 물고기를 만들고, 황금 물고기를 팔아 벌어들인 금화를 녹여 다시 황금 물고기를 만들다가, 마침내 팔기를 단념하고 순전히 만들기만을 위해 황금 물고기를 녹여 다시 황금 물고기를 만드는 행위는 시간의 '고독한' 순환성을 잘 드러낸다. 이는 라틴아메리카 500여 년의 역사를 희망 없는 좌절의 역사로 보거나, 라틴아메리카 사람들의 행위가 지닌 무위성, 무의미성으로 해석할 수도 있을 것이다.

글을 전개하면서 가끔 언급하겠지만 『백년의 고독』에는 나침반으로 땅속에 묻힌 황금을 캐려고 시도하거나 작은 황금 물고기를 만드는 것 등 '황금'에 관계된 일화가 제법 많이 등장한다. 호세 아르까디오 부엔디아는 황금을 만들기 위해 연금술에 탐닉하고, "우린 곧 집을 다 덮고도 남을 만한 황금을 갖게 될 거요"라고 말한다. 이는 『백년의 고독』이 콜롬비아와 관계 깊은 '엘 도라도El dorado'의 전설에 직·간접적으로 영향을 받은 땅에서 태어난 소설이기 때문일 수 있다.

이에 관해 가르시아 마르께스는 다음과 같이 밝힌다.

인류가 그토록 탐욕스럽게 찾으려 했던, 우리의 환상의 땅 엘 도라도는 지도학자들의 상상에 따라 장소와 형태를 달리하면서 오랜 세월 동안 수많은 지도에 모습을 드러냈습니다. … 그 후 식민 시대에, 콜롬비아 까르따헤나에서는 퇴적사토堆積砂土 지역에서 키운 암탉 몇 마리가 팔렸는데, 암탉들의 모이주머니에는 황금 알갱이들이 들어 있었다고 합니다. 황금에 대한 우리 조상들의 망상은 불과 얼마 전까지만 해도 우리를 따라다녔습니다. 지난 세기만 해도 태평양과 대서양을 연결하는 파나마 지협 철도 건설 연구 책임을 맡은 독일 용역단은 레일을 그 지역에서 귀한 철이 아니라 흔한 금으로 만든다면 그 계획은 타당성이 있다는 결론을 내렸습니다.

— 〈라틴아메리카의 고독〉

콜롬비아의 칩차족은 1년에 한 번씩 추장이 몸에 금가루를 바르고, 뗏목에 황금 보물을 싣고, 자신들이 섬기는 구아따비따 호수 속의 신을 찾아 호수 한가운데로 가서는 보물을 물속에 던지고, 호수의 물로 몸에 바른 금가루를 씻어 내는 풍습을 지니고 있었다고 한다. 16세기 페루와 멕시코를 정복한 에스파냐 사람들은 이 신비스러운 이야기를 듣고 이 추장을 '엘 도라도', 즉 '금가루를 칠한 사람(황금 인간)'이라 불렀는데 이야기가

와전되어 엘 도라도는 '황금의 도시', '황금의 땅'으로 변했다. 전설에 매혹된 에스파냐의 정복자 곤살로 히메네스 데 께사다는 1536년 엘 도라도를 찾아 말 85필에 군인 500명, 사제 여럿을 이끌고 보고따 고원의 칩차족 마을에 도착했다. 께사다와 일행은 마을을 약탈하고 원주민을 고문하여 이 신비로운 풍습에 관한 전설과 구아따비따 호수의 실제 위치를 알아냈다. 하지만, 해발 2700m에 위치한 구아따비따 호수에는 원주민의 촌락만 있을 뿐 황금 인간은 자취를 찾을 수 없었고, 께사다는 결국 자신의 꿈을 접어야 했다. 그 뒤 보고따 출신 세뿔베다를 비롯해 구아따비따 호수에서 보물을 건지려 했던 사람은 많았지만, 그 뜻을 이룬 사람은 아직 아무도 없다.

당시 이상향을 경솔하게 믿고 그 이상향을 찾겠다고 나선 정복자들은 중세의 형이상학적 열기와 기사 소설에 내포된 문학적 섬망 증세를 알아채고 난 뒤에야 비로소 현실을 이해할 수 있었는데, 인간의 탐욕이 빚어낸 환상의 제국 엘 도라도는 여전히 영원한 수수께끼로 남아 있다. 아무튼, 현지 원주민들이 가진 부는 이상향(유토피아)을 찾고자 혈안이 되어 있던 유럽에 엘 도라도에 관한 환상을 퍼뜨렸고, 콜롬비아 해안은 수많은 원정대의 목표물이 되었다. 결국 이 거대한 땅은 에스파냐에 정복되고 말았으며, 후대 작가들의 상상력을 자극하는 문학적 보고가 되었다. 마술적 사실주의의 백미 『백년의 고독』이 콜롬비아에서 탄생한 것은 결코 우연이 아니고, 마꼰도에는 '황금 유토피아'인 엘 도라도의 이미지가 중첩되어 있다.

이처럼 마꼰도라는 실제적인 공간과 소설(양피지)이라는 공간이 아주 교묘하게, 마술적으로 얽히고설켜 있는 『백년의 고독』에서 서사의 나선형적 시간의 특성은 라틴아메리카 사회가 선고받은 것처럼 보이는 죽음 같은 정체의 운명 또는 수동적인 혼수 상태에서부터 시작해 과거를 재정립하고, 더 나아가서는 현재를 정립해 미래를 여는 생명의 순환고리를 연결해 가는 데 있을 것이다.

2) 고독과 성性

부엔디아 가문에서는 우르술라 이구아란을 제외한 거의 모든 사람이 성적인 욕망으로 가득 차 있다. 특히 남자들은 삶을 성적인 욕망의 실현과 동일시한다. 그래서 성은 이들의 삶의 방식처럼 보이기도 하다. 프랑스의 어느 출판사가 가르시아 마르께스에게 "관대하게 용서할 수 있는 실수가 무엇인가?"라고 물었을 때 가르시아 마르께스가 "허리 밑에서 저지르는 실수"라고 대답했다시피, 인간에게 성은 권력과 더불어 가장 기본적이고, 자연스럽고, 강력한 욕구 가운데 하나라는 사실을 부인할 수 없을 것이다. 그런데 『백년의 고독』에서는 성이 고독과 더불어 기능한다는 점에서 그 의미가 독특해진다. 즉 성이 고독을 해소하고, 동시에 고독을 더욱 심화시키는 기재로 작용하는 것이다. 몇 가지 예를, 비교적 자세하게 들어 보겠다.

호세 아르까디오 부엔디아와 우르술라의 큰아들 호세 아르까디오는 집안일을 돕기 위해 드나들던 여자 삘라르 떼르네라에게 성적 매력을 느낀다. 성격이 명랑하고, 입이 거칠고, 색기가 있으며, 카드점을 칠 줄 아는 여자다. 그는 그녀와의 첫 접촉에서 뼛골이 짜릿해지는 느낌을 받고, 묘한 두려움과 울고 싶은 강렬한 충동을 느끼고는 그녀에 대한 욕망에 안달이 나서 밤새 몸부림을 친다. 결국, 깊이를 알 수 없는 어둠 속에서 그녀에 의해 그의 옷이 벗겨지고, 감자 부대처럼 흔들리고, 오른쪽으로, 그 반대쪽으로 굴려지면서 섹스를 한 뒤에, 그 느낌을 "마치 지진이 일어나는 것 같아"라고 동생 아우렐리아노에게 표현한다. 하지만, 결국 그는 콩팥을 싸늘하게 훑는 듯한 느낌, 배 속이 텅 비어 버린 듯한 느낌, 무서워 도망치고 싶다는 느낌과 동시에 신경질 나는 침묵과 무시무시한 고독 속에 영원히 파묻혀 버리고 싶다는 느낌을 받는다.

그 후 호세 아르까디오는 장터에서 집시 소녀를 만난다. 두 사람은 소녀의 천막으로 가서 옷을 벗으며 불안한 조바심에 휩싸인 채 키스를 해댄다. 집시 소녀는 이내 실오라기 하나 걸치지 않은 알몸이 된다. 두 사람의 몸이 결합하자마자 소녀의 뼈들이 도미노를 담은 상자가 흔들릴 때 나는 것처럼 요란스럽게 딸그닥거리는 소리를 내면서 부서지는 것 같았고, 살갗은 진땀으로 범벅이 되고, 눈에는 눈물이 흥건히 고이고, 온몸이 가녀린 신음 소리와 은은한 진흙 냄새를 발산한다. 하지만 그녀는 강인한 성격과 감탄할 만한 용기로 그의 공격을 견뎌 낸다. 그때 호세 아르까디오는 온몸이 둥둥 떠올라 천국에 이른 듯한 황홀경에 빠진 상태에서 자신의 속마음을 담은 음란한 밀어를 소녀의 귀에 쏟아붓고, 소녀는 그와 똑같은 밀어를 자신의 언어로 뱉어 낸다. 이틀 후인 토요일 밤, 호세 아르까디오는 머리를 붉은 헝겊으로 동여매고 집시들과 함께 마꼰도를 떠난다.

여기서 호세 아르까디오가 집시 소녀와 격렬한 섹스를 하고, 그녀와 너불어 마꼰도를 떠난 것은 그의 몸과 영혼을 사로잡는 고독을 탈피하려는 지난한 몸부림이라고 할 수 있다.

조카 아우렐리아노 호세와 고모 아마란따 사이의 성적인 관계에는 모성애에 대한 갈망과 고독의 그림자가 드리워져 있다. 아우렐리아노 호세는 아마란따와 살을 맞대고 자면 어둠에 대한 두려움이 사라지는 효력이 있었기 때문에 아침까지 아마란따와 함께 자려고 아주 어렸을 때부터 해먹을 벗어나는 습관을 지니고 있었다. 하지만 아마란따의 알몸에 대해 알기 시작한 날부터, 그가 아마란따의 모기장 안으로 들어가도록 그를 충동질했던 것은 동이 틀 무렵에 아마란따의 따스한 입김을 느끼고자 하는 갈망이었다. 어느 새벽에 아우렐리아노 호세는 숨이 막히는 듯한 기분을 느끼며 잠에서 깨어났다. 뜨겁고 탐욕스러운 애벌레 같은 아마란따의 손가락들이 그의 아랫배를 더듬고 있다는 걸 느낀 것이다. 아우렐리아노 호세는 아마란따가 자기를 만지는 데 아무 어려움이 없도록 잠결에 뒤척이는 척하면서 자세를 바꿔 주고 나서는 검은 붕대를 풀어 버린 아마란따의 손이 "눈먼 연체동물처럼 욕망의 해초 사이를 잠수하고 있다"는 걸 느꼈다. 그날 밤부터는 두 사람은 침해할 수 없는 공범의식으로 연대했다. 두 사람은 벌거벗은 채 상대를 탈진시킬 정도의 애무를 서로 교환하면서 함께 잤을 뿐 아니라 시간을 가리지 않고 집 구석구석을 뒤지며 서로를 찾아다니고, 어느 침실에나 처박혀 그칠 줄 모르는 영원한 흥분 상태에 빠져들었다. 하지만 우르술라에게 자신들의 관계를 들킨 사건으로 인해 아마란따는 제정신을 차렸다. 자신이 벌써 너무 멀리까지 가 있었고, 어린아이와 키스 놀이를 하고 있는 것이 아니라 위험하고도 미래가 없는, 초로의 욕정 안에서 철벅거리고 있다는 사실을 깨닫고는 그 욕정을 단번에 잘라내 버렸다. 아우렐리아노 호세는 토요일이 되면 사창가인 까따리노의 가게를 찾았다. 시든 꽃 냄새를 풍기는 여자들을 어둠 속에서 이상적인 여자라고 생각하면서 그녀들과 더불어 자신의 갑작스러운 고독과 설익은 사춘기를 달랬다.

쌍둥이 형제인 호세 아르까디오 세군도와 아우렐리아노 세군도는 뻬뜨라 꼬떼스를 공유하며 성에 탐닉한다. 복권을 팔아 연명하던 내연의 남편과 함께 전쟁이 한창일 때 마꼰도로 왔다가 남편이 죽은 다음에는 그의 사업을 이어받은 뻬뜨라 꼬떼스는 깨끗하고 젊은 물라따였는데, 편도처럼 생긴 노란 눈 때문에 표범처럼 사나운 인상을 주었지만, 마음은 너그러웠으며, 섹스에 대해서는 천부적인 자질을 지니고 있었다. 아우렐리아노 세군도가 뻬뜨라 꼬떼스를 만나 섹스를 한 뒤 두 주가 지났을 무렵, 아우렐리아노 세군도는 그녀가 자기와 형 호세 아르까디오 세군도를 같은 사람으로 믿고서 자신들과 교대로 잠자리에 들고 있음을 깨달았지만, 사태를 분명히 처리하는 대신 오히려 그 상태를 더욱 연장하려고 한다. 아우렐리아노 세군도는 약 두 달 동안 형 호세 아르까디오 세군도와 함께 그녀를 상대한다. 그는 형을 지켜보면서 형의 계획을 분석하고, 형이 그날 밤 공동의 정부情婦를 만나러 가지 않는다는 것이 확실하면 자신이 가서 그녀와 함께 잔다. 어느 날 아침, 그는 자신이 병에 걸려 있음을 알아차린다. 이틀 후, 화장실에서 들보를 부여잡은 채, 땀에 흠뻑 젖어 엉엉 울고 있는 형을 보고는 어떻게 된 일인지를 알게 된다. 형은, 그녀가 방탕한 생활로 인해 생긴 병이라고 불렀던 바로 그 병을 자기가 그녀에게 옮겼기 때문에 그녀가 자기를 거부했다고 동생에게 고백한다. 아우렐리아노 세군도는 아무도 몰래 과망가니즈산을 넣은 뜨거운 세정제로 세척하고 이뇨제 용액을 복용하는 등 석 달 동안 고통을 겪은 후에 병을 치료할 수 있게 된다. 호세 아르까디오 세군도는 다시는 그녀를 만나지 않았고, 아우렐리아노 세군도는 형의 허락을 받아 죽을 때까지 그녀와 관계를 유지한다. 되살아난 아우렐리아노 세군도의 정욕이 어찌나 불같았던지 식사를 하려고 식탁에 마주 앉았다가도 눈길이 마주치면 아무 말 없이 밥그릇을 덮어 두고 곧장 침실로 가서 허기진 배를 움켜쥔 채 죽도록 사랑을 나눈 적도 한두 번이 아니었다. 하지만 그처럼 성욕을 해소해도 그의 고독은 온전히 해소되지 않는다. 그는 훨씬 더 요란 법석한 파티를 벌이고 낭비벽도 심해진다.

태초로부터 영원히 지워지지 않을 고독의 마마 자국이 얼굴에 뒤덮고 있는 한 사내인 아우렐리아노(바빌로니아)와 고모 아마란따 우르술라는 "새들에게까지도 잊혀지고, 너무나 집요해졌던 먼지와 더위 때문에 숨쉬기조차 힘든 마꼰도에서, 불개미들이 내는 요란스런 소리로 제대로 잠을 이룰 수조차 없는 집에 고독과 사랑에 의해, 그리고 사랑의 고독에 의해 감금되어" 있었다. 아우렐리아노와 아마란따 우르술라는 유일하게 행복한, 이 세상에서 가장 행복한 존재가 된다. 남편 가스똔이 집을 비울 때마다 아우렐리아노와 몸을 뒤섞은 아마란따 우르술라의 신음 소리와 단말마적인 쾌락의 노래가 오후 두 시의 식당 식탁 위에서도, 새벽 두 시의 곡식 창고에서도 같은 식으로 터져 나온다. 두 사람은 현실 감각, 시간 관념, 일상생활의 리듬을 상실하고 만다. 그들은 옷을 벗는 데 걸리는 시간을 아끼기 위해 문들과 창문들을 닫고는 발가벗은 채 집 안을 돌아다니고, 마당 진흙 펄에서 발가벗은 채 나뒹굴곤 하는데, 어느 날 오후에는 욕조 안에서 사랑을 나누다가 하마터면 익사할 뻔하기도 한다. 그들은 아우렐리아노 부엔디아 대령이 야영지에서 가졌던 쓸쓸한 정사에도 견디어 냈던 해먹을 광적인 사랑을 나누다 찢어 버리고, 침대 매트들을 찢어서는 파도처럼 일렁이는 솜 속에서 숨 막히는 사랑을 나누고 싶어 솜을 바닥에 뿌린다. 두 사람은 최고로 효과적인 사랑법을 터득했기 때문에 절정에 도달해 기진맥진해질 때면, 피로를 풀기 위해 그 사랑법에 포함되어 있는 최선의 방법을 취한다. 섹스를 마친 후의 나른함 속에는 섹스를 하면서 맛볼 수 있는 쾌락보다 훨씬 더 풍부한 쾌락이 있을 가능성을 발견했을 때는 육체의 신비에 흠뻑 빠져 버린다. 아우렐리아노가 아마란따 우르술라의 부풀어 오른 젖

가슴에 달걀흰자를 발라 주무르거나 야자 열매 버터로 탄력 있는 사타구니와 복숭아처럼 농밀한 배를 부드럽게 문지르고 있는 사이, 그녀는 아우렐리아노의 무시무시하게 커다란 남근을 인형처럼 가지고 놀고, 입술을 그리는 붉은 장미 가루로 광대의 눈을 그리고, 눈썹을 그리는 목탄 연필로 아라비아인처럼 콧수염을 그리고, 명주나비 넥타이들을 채우고, 은박지로 만든 작은 모자들을 씌워 준다. 어느 날 밤, 그들은 머리에서 발끝까지 복숭아 잼을 바르고 서로 개처럼 핥으며 복도 바닥에서 미친 듯이 사랑을 나누다 잠이 들었는데, 자신들을 산 채로 갉아먹으려는 식인 개미 떼가 물밀듯 밀려와 잠에서 깨어난다.

이렇듯, 『백년의 고독』에서는 인물들이 고독을 이기기 위해, 아니 고독을 '즐기기' 위해 섹스를 탐닉하는데, 고독의 크기와 깊이에 비례해 성애와 쾌락이 다양해지고 그 강도가 세진다. 특히, 근친상간은 그들이 지닌 고독이 어느 정도였는지 보여준다.

3) 근친상간과 고독

『백년의 고독』에서 부엔디아 가문 사람들의 고독은 그들의 몸과 영혼에 난 상처, 종양이고, 가족의 혈통 속에 녹아 있는 '인자'라고 할 수 있다. 그들 가운데 가장 고독한 인물은 아우렐리아노 부엔디아 대령이다. 우르술라가 노령에 이르러 터득한 특유의 통찰력으로 아들 아우렐리아노 대령이 자신의 배 속에서 울었던 것은 "그가 사랑하는 데는 무능하다는 것을 증명한다"고 말했듯, 그의 고독한 운명은 그가 세상에 태어나기 전부터 이미 나타난다. 그는 모든 가족 가운데서도 타인과 우정이나 내밀한 관계를 맺는 데 어려움이 가장 많은 인물이다. 그는 혹독한 전쟁에 시달려 가족들에 대한 애정을 잃어버린 것이 아니라, 원래부터 그 누구를 결코 사랑해 본 적이 없고, 아내 레메디오스나 그의 삶을 스쳐 간 셀 수 없이 많은 하룻밤의 여자들도 결코 사랑하지 않았으며, 그의 아들들은 훨씬 더 사랑하지 않았다. 고독하게 자란 그는 나중에 보수파와 자유파 사이에 벌어진 '천일 전쟁'의 영웅으로서 엄청난 권력을 소유하게 되어 "이제 모든 것을 다 할 수 있는 남자처럼 보였을 때", 그 누구도, 심지어는 어머니 우르술라까지도, 자기 몸으로부터 3m 이내로는 접근할 수 없다고 결정하고, 그의 부관들은 그가 가는 곳마다 분필로 원을 그려 놓았는데, 그는 자신만이 들어갈 수 있는

원 안에 스스로 격리된 채 무한한 권력이 유발하는 고독 속에 침잠한다. 그는 가끔 원 한가운데에서 짧지만 거역할 수 없는 명령으로 세상의 운명을 결정지었는데, 어떤 때는 그가 명령을 내리기도 전에 명령이 실행되었기 때문에 우르술라는 그의 과도한 권력이 거의 완벽한 도덕적 타락을 의미한다고, 다시 말하면 가문의 종말을 의미하는 돼지 꼬리를 달고 태어난 것과 같다고 생각하기에 이른다. 권력을 상실한 후 아우렐리아노 부엔디아 대령은 "다시는 전쟁에 대해 생각하지 않기 위해" 작은 황금 물고기를 만드는 작업에 몰두하지만, 사실은 자신이 고독으로부터 벗어날 수 없다는 한계를 인식함으로써, 아니 순환적인 고독을 누림으로써 자신의 영혼에 각인되어 있는 고독을 치유하기로 한다. 그리고 아버지가 묶여 있던 밤나무 아래서 고독한 시체로 발견된다.

고독은 부엔디아 가문을 지배하는 공통의 조건이기 때문에 그 누구도, 심지어는 가문의 '어머니' 우르술라조차도 고독으로부터 자유로울 수가 없다. 그녀는 노령에 이르러 소경이 됨으로써 뚫고 들어갈 수 없는 노쇠의 고독 속에 침잠해 아들 아우렐리아노 부엔디아 대령과 마찬가지로 깊은 사색에 빠진다. 그러나 아들의 사색이 명상의 한 형태로 선택된, 실제적인 것이었던 반면에 적극적인 삶을 영위하고자 끊임없이 노력하는 우르술라의 침잠은 본의가 아니었다.

이처럼 고독은 아우렐리아노 부엔디아 대령과 어머니에게서 반대되는 효과를 유발하는데, 아우렐리아노 부엔디아 대령이 고독 속에서 화려한 권력을 차츰차츰 잃어 간 반면에 우르술라는 눈이 멀게 됨으로써 노령의 헤아릴 수 없는 고독 속에서 집안의 가장 무의미한 사건까지도 조사할 수 있는 통찰력을 갖추었고, 과거에는 바빠서 보지 못했던 사실을 처음으로 명확하게 보게 된다. 예를 들어 어떤 사물을 부피나 색보다 냄새를 통해 훨씬 더 잘 구분하고, 방 안의 어둠 속에서도 바늘에 실을 꿰고, 옷에 단춧구멍을 냈으며, 우유가 언제 끓을 것인지도 알아낸다.

결혼으로 가족이 된 산따 소피아 델 라 삐에닷·페르난다 델 까르삐오, 우연히 혈연관계를 맺게 된 삘라르 떼르네라·마우리시오 바빌로니아, 가족의 절친한 친구 멜키아데스·헤리넬도 마르께스, 외국인으로서 부엔디아 가문 여자의 사랑을 얻어 마꼰도에 정착하려다 실패한 삐에뜨로 끄레스삐·가스똔 등 모든 인물이 고독의 상징으로 나타난다. 이들은 고독을 피하기 위해, 아니, 역설적으로, 고독을 '향유'하기 위해 죽음을 선택하거나 강제로 죽거나 결국은 근친상간에 함몰된다. 심지어는 부엔디아 가문의 집 자체, 집에 있는 가재도구, 화초, 나무, 잡풀, 새, 불개미, 노랑나비까지도 고독한 존재가 된다.

쉽게 포착되지 않는 사실 가운데 하나는, 마꼰도 주민 그 누구에게도 가톨릭은 심오한 믿음이나 도덕, 행동의 규범이 아니라 진부하고 형식적인 의례에 불과하다는 것이다. 그렇기 때문에 가톨릭은 고독이라는 병을 치유하는 수단이 되지 못한다. 미사에 참석해 재灰의 십자가를 이마에 그렸다가 영영 지워지지 않는 바람에 십자가가 표적이 되어 반대파에 의해 모두 차례차례 다양한 방식으로 암살된 아우렐리아노 부엔디아 대령의 열일곱 아들 또한 가톨릭의 보호를 전혀 받지 못한 결과물로서 고독한 운명을 대변한다. 어떤 의미로 가톨릭은 죽음과 연계된 고독을 유발하는 것으로 보이기까지 한다.

마꼰도 설립의 동기가 되고, 부엔디아 가문과 혈통의 고칠 수 없는 성향으로 지속되어 결국에는 묵시록적 재난을 유발하는 서사의 중심 모티프에 대한 언급이 필요하다. 그것은 바로 근친상간이다. 가르시아 마르께스는 "내 소설 『백년의 고독』에서 내게 가장 관심이 있는 것은 무엇보다도 근친상간에 의해 고착되어 있는 가족의 역사를 이야기하는 것"이라고 밝힌 바 있다. 사실, 『백년의 고독』은 '100년의 근친상간'으로 치환될 수 있을 정도로 라틴아메리카의 문화에 깊숙이 내재한 두 가지 현실, 즉 고독과 근친상간의 문제를 밀도 있게 다룬다. 따라서 부엔디아 가문의 모든 구성원을 가장 뚜렷하게 특징짓는 것은 바로 사랑의 주체와 대상이 한 가족에 속하는 근친상간의 유혹이며, 그들 모두는 의식적이든 무의식적이든 근친상간에 매력을 느낀다. 이런 근친상간의 내면에 바로 고독이 존재하는 것이다.

수많은 사건이 고독의 가장 특징적인 면모인 근친상간과 연결되어 진행되면서 소설의 순환적 리듬은 그 주기와 형태가 더욱 복잡해지는데, 이 리듬 속에 위치하는 근친상간과 그것의 금기는 부엔디아 가문의 기본 틀을 형성한다. 근친상간으로 상징되는 도덕적 타락은 부엔디아 가문의 몰락을 재촉하는 견인차 역할을 한다. 유전학적 관점에서 볼 때 동종교배는 열등한 자손을 낳는데, 부엔디아 가문 사람들 또한 근친상간이라는 동종교배를 통해 점점 더 열등한 자손을 낳고 그 결과 부엔디아 가문이 멸망하고 마꼰도가 폐허로 변해 버리는 것이다.

마꼰도 설립의 근본 동기도 사촌인 호세 아르까디오 부엔디아와 결혼한 우르술라가 근친상간으로 인해 돼지 꼬리가 달린 아이가 태어날 것을 두려워한 나머지 부부 생활을 거부하게 되고, 이를 비웃는 쁘루덴시오 아길라르를 호세 아르까디오 부엔디아가 창으로 찔러 죽인 것에서 비롯된다. 우르술라에게 돼지 꼬리는 하나의 고통스러운 기억이자 금기다. 호세 아르까디오 부엔디아의 삼촌과 결혼한 우르술라의 고모가 아들 하나를 낳았는데, 그는 엉덩이뼈에 솔처럼 털이 부성부성하고 나사처럼 둘둘 말린 물렁뼈 꼬리를 달고 태어나 성장했기 때문에 평생 동안 펑펑하고 헐렁한 바지를 입고 살았다. 죽기까지 42년 동안 가장 순수한 동정을 지킨 그는 친구인 푸줏간 주인이 그가 어떤 여자에게도 보여 준 적이 없는 돼지 꼬리를 푸줏간용 손도끼로 잘라 주는 호의를 베푼 일 때문에 피를 흘리며 죽었다.

이처럼 근친상간의 결과에 대해 가공할 만한 공포심을 가진 우르술라는 후손들에게 근친상간을 엄하게 금하지만, 근친혼의 전통을 유지하고 있는 가문의 삶에서 근친상간은 피할 수 없는 굴레이기 때문에 가문의 혈통에 흐르는 근친상간적 경향은 영원히 지속된다. 형 호세 아르까디오와 동생 아우렐리아노는 삘라르 떼르네라를 공유하고, 형제인 호세 아르까디오 세군도와 아우렐리아노 세군도는 뻬뜨라 꼬떼스를 공유하며, 비록 양녀일지라도 자매 사이인 레베까와 아마란따는 삐에뜨로 끄레스삐를 동시에 사랑하다 결국 레베까는 친오빠처럼 자란 호세 아르까디오와 결혼하며, 아마란따와 조카 아우렐리아노 호세도 근친상간 직전까지 이른다. 소설의 대단원에 이르러서는 이모와 조카인 아마란따 우르술라와 아우렐리아노 바빌로니아가 관계를 맺어 돼지 꼬리 달린 자손을 낳고, 선조들의 경고에도 불구하고, 근친상간과 고독의 순환고리에서 벗어나지 못해 치욕적인 종말을 맞이한다.

이 외에도 실제로 행해지지는 않지만 근친상간의 경향이 드러나는 관계 또한 많이 발견된다. 어머니 삘라르 떼르네라에 대한 아르까디오의 욕정, 미녀 레메디오스와 아우렐리아노 부엔디아 대령의 열일곱 아들과의 관계, 아우렐리아노 세군도와 그의 딸 레나따 레메디오스의 관계, 아우렐리아노 세군도와 뻬르난다 사이에서 태어난 호세 아르까디오와 증고조할머니 아마란따의 관계 등이 그것이다.

이처럼 부엔디아 가문의 역사는 근친상간과 더불어 시작되고, 혈통의 미로를 통해 여러 세대에 걸쳐 근친상간의 순환이 완성되는바, 돼지 꼬리 달린 아이와 거울로 이루어진 도시의 파괴는 인간이 꿈꾼 유토피아는 인간 자체가 지닌 '악'의 씨로 말미암아 이루기가 어렵다는 사실을 암시한다. 다시 말해, 마꼰도는 서양 세계와의 진정한 족외혼적 관계를 설정하려는 시도에서 매번 실패하고, 수 세기 전부터 지속된 고독 속에 갇힌 채 아직도 확실하고 완전하게 알지 못하는 자신들의 근본에 대해 생각하는 라틴아메리카를 은유적으로 표현한 것일 수 있다.

고독과 관계된 가장 특징적인 면모는 『백년의 고독』의 마지막 세 페이지에 드러난다. 부엔디아 가문의 최후 생존자 아우렐리아노 바빌로니아는 개미 떼에게 끌려가는 갓 태어난 아들의 몸을 보는 순간 멜키아데스의 양피지에 적힌 "가문 최초의 인간은 나무에 묶여 있고, 최후의 인간은 개미에게 먹히고 있다"는 제사題詞를 떠올리고는 자신의 운명이 양피지에 적혀 있다는 사실을 깨닫고서 멜키아데스의 방에 처박혀 100년 전에 산스크리트어로 쓰인 부엔디아 가문의 역사를 해석한다. 양피지의 해석을 마치는 순간 아우렐리아노 바빌로니아는 마꼰도

(거울의 도시 또는 신기루들)가 바람에 부서져 인간의 기억으로부터 사라져 버릴 것이고, 또 "100년의 고독한 운명을 타고난 가문들은 이 지상에서 두 번째 기회를 갖지 못하기 때문에 양피지에 적혀 있는 모든 것은 영원한 과거로부터 영원한 미래까지 반복되지 않는다고 예견되어 있"다는 사실을 깨닫게 된다. 여기서 양피지를 읽는 행위 자체는 반복할 수 없는 고독한 행위, 죽음의 행위가 되어 고독의 극치에 이른다. 말은 비극으로 끝나고 삶은 반복될 수 없으며, 한번 지나간 시간을 다시 시작할 수도 없기 때문이다. 100년 뒤에 "사랑에 의해 비로소 삶을 받은 자"가 태어났을 때, 이미 소멸될 운명에 처해 있는 부엔디아 가문의 고독은 그들만의 업보가 아니라 라틴아메리카의 업보이기도 하다.

어찌 보면 부엔디아 가문 사람들은 사랑에 관해 무능하기 때문에 고독이라는 순환고리를 끊지 못하는지도 모른다. 그들의 운명, 라틴아메리카의 조건을 가장 잘 정의하는 고독이라는 개념은 사랑에 무능한 사람들의 '황폐'와 '단절'이라는 두 단어에 들어 있다고 할 수 있을 것이다.

『백년의 고독』의 고독과 근친상간에 관해서는 다양한 해석이 존재한다. 그 가운데 하나는 부엔디아 가문 사람들을 지배하는 고독, 그러니까 라틴아메리카를 지배하는 고독은 숙명적으로 정해진 것이기 때문에 고독에서 벗어날 수 있는 길은 거의 없다는 것이다. 고독에서 탈출하는 유일한 방법은 '진정으로 사랑하는 것'밖에 없지만, 『백년의 고독』의 인물들은 태어날 때부터 이런 고독의 속박에서 벗어나지 못하는 운명을 지녔기 때문에 이들의 사랑 역시 필연적으로 비정상적일 수밖에 없는데, 사랑의 극단적인 형태 가운데 하나인 근친상간은 라틴아메리카의 자폐된 세계를 상징할 수 있다. 역사의 주체인 인간의 본질과 관련시켜 보자면, 『백년의 고독』은 인간이 권력을 포함해 모든 것을 얻는다 할지라도 영혼과 사랑을 잃으면 결국 파멸할 수밖에 없다는 사실을 우리에게 가르쳐 준다.

제2장
경이로운 현실과 마술적 사실주의

1. 경이로운 현실

마젤란과 함께 세계 최초로 세계를 일주한 피렌체 출신 항해가 안또니오 삐가페따는 남아메리카 지역을 여행하면서 엄정한 연대기를 썼는데, 그 연대기는 상상의 모험을 하고 쓴 것처럼 보입니다. 그는 배꼽이 등에 있는 돼지를 보았고, 암컷이 수컷의 등 위에서 알을 품는, 다리 없는 새를 보았다고 썼습니다. 또한 주둥이가 숟가락 같고, 혀가 없는 펠리컨도 보았다고 합니다. 머리와 귀는 노새에 몸은 낙타, 다리는 사슴처럼 생긴 데다 말처럼 울부짖는 괴상한 동물도 보았다고 합니다. 그리고 빠따고니아에서

> 맨 처음 만난, 몸집 거대한 어느 원주민에게 거울을 갖다 대자 흥분한 원주민은 거울에 비친 자신의 모습을 보고 경악해 정신을 잃었다고 썼습니다.
>
> —〈라틴아메리카의 고독〉

당시 삐가페따는 브라질에서 꼬리 없는 새들, 다리가 없기 때문에 둥지를 만들지 못해 바다 한가운데서 암컷이 수컷의 등에 알을 낳아 부화시키는 새들, 자기와 동종인 새들이 싸 놓은 똥만 먹고 사는 새들도 보았다. 삐가페따가 직접 본 것들 말고, 당시에 떠돌던 얘기에 따르면, 여자 같은 유방을 지닌 고래, 페니스가 둘 달린 상어, 날아다니는 물고기, 모래알보다 진주가 더 많은 해변도 있었다고 한다. 이렇듯 초기 연대기 작가들에게 중남미 현실은 상상 너머에 있었던 것처럼 보인다. 물론 라틴아메리카는 원시적 믿음과 경이로운 현실에서 배태된 독창적인 요소들에다 콜럼버스의 방문 이후에 외부의 다양하고 풍부한 문화가 마술적으로 혼합되었다. 이처럼 다양한 세계의 혼합을 통해 무한한 자유의식이 고취되고 마술 같은 현실이 조성되었는데, 그 현실은 그 어떤 종류의 제한도 없이 각자 원하는 바대로 하는 것이 가능한 곳이라고 할 수 있을 것이다. 어찌 되었든, 그렇지 않아도 엄정해야 할 연대기에 '엄정한'이라는 수식어까지 첨가해 기술해 놓은 연대기에 나온 사실을 우리는 엄연한 현실로 받아들이지 않을 방법이 없다.

1) 가르시아 마르께스의 문학적 자궁 카리브

『백년의 고독』의 공간적인 배경은 마꼰도다. 더 구체적으로 말하면 부엔디아 가문의 '집'이다. 그런데, 상상의 도시 마꼰도의 모티브가 된 구체적인 도시는 아라까따까이며, 아라까따까는 카리브 문화권에 속해 있다. 한마디로 말해 카리브는 '이야기꾼' 가르시아 마르께스와 『백년의 고독』을 만든 '경이롭고 마술적인' 땅이다. 가르시아 마르께스가 "나와 카리브 문화는 내가 인간으로서, 작가로서 나를 형성시키는 데 절대적이고, 근본적이고, 대체할 수 없는 동일성을 갖고 있다"고 말했다시피, 카리브는 가르시아 마르께스의 문학적 자궁이다.

가르시아 마르께스는 대학 생활을 시작한 콜롬비아의 수도 보고따에서 신문을 통해 세 편의 소설을 세상에 선보이고 정식으로 문학계에 데뷔한다. 보고따는 가르시아 마르께스가 카프카, 조이스, 보르헤스, 토마스 만, 도스토엡스키, 가르실라소,

께베도 등 세계적인 문필가들의 작품을 읽으며 작가로서 자신감을 얻고, 훌륭한 친구들과 사귀면서 문학적 소양을 쌓은 곳이다. 그러나 그곳에는 그를 납득시킬 수 없는 어떤 것이 있었다. 고등학교 시절부터 싹트기 시작한 현실과 문학의 불일치라는 문제였다. 보고따의 지식인들과 작가들이 비록 거리와 카페에서 문학을 논하지만, 당대의 삶, 현실과는 유리되어 있다는 점을 인식한 것이다. 어찌 보면 그 자신도 그런 '풍토병'의 희생자였다. 그의 초기 단편 —까르따헤나에서 발표하게 되는 세 편을 포함해서— 은 어린 시절의 강박 관념에 기반하고 있지만 주지주의와 추상성이 두드러졌다. 과거의 경험들이 창조적으로 재구성되지 못하고 카프카나 조이스, 보르헤스의 경향을 기계적으로 답습했기 때문이다. 훗날 가르시아 마르께스는 보고따의 지적이고 문학적인 분위기에서 탈출해 카리브로 돌아간 것은 자신이 카리브 문화를 회복하고 새로운 작가로 출발하는 데 절대적인 영향을 미친 행운이었다고 회고한다.

'카리브'라는 명칭은 15세기 말 에스파냐가 점령하기 이전에 이 지역에 살던 원주민 부족 '카리브Caribe'에서 유래한다. 천혜의 자연환경, 뜨거운 태양, 부드러운 모래사장, 반짝이는 에메

랄드색 바다 등으로 '낙원'의 이미지를 지니고 있을 뿐만 아니라, 다양한 혼혈(원주민+에스파냐인+아프리카인+유럽인) 문화를 만들어 낸 '슬픈 역사'를 지닌 카리브는 넓은 의미에서 라틴아메리카의 마술적 현실이 집약된 곳으로, 가르시아 마르께스는 유난히 카리브에 매혹되었다. 자신이 카리브해 연안에 위치한 아라까따까 출신이라는 것도 이유가 되겠지만, 무엇보다도 카리브 자체가 믿을 수 없는 것들의 중심지이기 때문일 것이다. 이에 관해 가르시아 마르께스는 다음과 같이 쓴다.

> 나는 카리브에서 태어났다. 카리브 방방곡곡, 각 도서를 다 가 보았는데, 아마도 그로 인해, 현실보다 더 놀랄 만한 일이 내게 결코 일어나지도 않았고, 내 스스로 만들어 낼 수도 없다는 절망감이 오지 않았나 싶다. 내가 가장 멀리 이를 수 있었던 것은 그 현실을 시적 수단을 동원해 변형하는 것이었으나, 내 책에 쓰인 것들 가운데 실제로 일어난 사건에서 비롯되지 않은 것은 단 한 줄도 없다. 그런 시적 변형들 가운데 하나는 『백년의 고독』에 등장하는 부엔디아 가족을 그토록 불안하게 만든 돼지 꼬리의 출현이다. 나는 돼지 꼬리를 제외한 다른 이미지라면 무엇이든 찾아볼

수 있었을 것이고, 또 아들 하나가 돼지 꼬리를 달고 태어날 것이라는 공포는 현실과 일치할 가능성이 가장 낮은 것이라고 생각했다. 그런데도, 소설이 세상에 알려지기 시작하자마자 아메리카 각지에서 돼지 꼬리 비슷한 것이 달린 남녀들의 고백이 행해졌다. 어느 청년에 관한 기사가 바란끼야 지역 신문에 실렸는데, 그는 돼지 꼬리를 달고 태어났으나 『백년의 고독』을 읽을 때까지는 그 누구에게도 그 사실을 발설하지 않았다. 그의 설명은 그가 달고 있는 돼지 꼬리보다 더 놀랄 만한 것이었다. "제게 돼지 꼬리가 달렸다는 사실이 부끄러웠기 때문에 그 누구에게도 사실을 밝히고 싶지 않았어요. 하지만, 이제 그 소설을 읽고, 사람들이 그 소설을 읽었다는 소문을 듣고는 돼지 꼬리를 달고 있다는 사실이 자연스러운 것이라는 점을 깨달았어요." 그로부터 불과 얼마 뒤, 내 독자 하나가 한국 서울에 사는 어느 소녀의 사진을 오려서 내게 보냈는데, 소녀가 돼지 꼬리를 달고 태어났다는 것이다. 내가 소설을 쓰기 시작했을 때 생각하고 있던 것과는 달리, 서울 소녀는 꼬리 제거 수술을 받고 생존했다.

『백년의 고독』의 주요 소재인 '돼지 꼬리' 이야기에, 순전히 우연이었겠지만, 한국 소녀까지 등장한다는 사실이 특이하고, 흥미롭다.

혼종성, 다산성, 광기, 자유분방함을 특징으로 하는 카리브적 현실은 가르시아 마르께스가 경험한 것 가운데 가장 놀랄 만한 것이었고, 그 스스로 그런 놀랄 만한 것을 만들어 낼 수 없다는 절망감을 느낄 정도였다. 이것이 바로 가르시아 마르께스가 카리브의 현실에 매료된 이유다. 가르시아 마르께스는 어느 인터뷰에서 "오후 세 시에 자메이카에서 보는 카리브해의 노란색"을 가장 좋아하며, 카리브에는 금발에 초록색 눈을 지닌 검은 피부의 여인들이 산다는 사실 때문에 강렬한 삶의 의욕을 느낀다고 고백한다. 카리브는 그의 문학을 가능하게 만들어 주는 마술적이고 행복한 현실이었다.

> 우리 라틴아메리카와 카리브 작가들은 현실이 우리 작가보다 더 좋은 작가라는 사실을 가슴에 손을 얹고 인정해야 한다. 우리의 운명은 아마도 우리의 영광은, 가능한 한 최선을 다해, 겸손하게 현실을 모사하려 노력하는 것이다.

사실 카리브의 예술가들은 새로운 것을 창조할 필요가 거의 없다. 그들이 당면한 문제는 창조가 아니라 현실을 믿게 만드는 것이기 때문이다. 그런데, 언어로 표현할 수 없는 카리브의 현실을 믿어 달라고 하는 것은 너무 어려운 문제다. 라틴아메리카 역사가 시작된 때부터 지금까지 그래 왔다. 라틴아메리카 문학에서 초기의 연대기 작가들보다 더 현실에 집착한 작가는 없을 터인데, 이들 역시 그 경이로운 현실이 상상을 능가한다는 사실을 깨달았고, 이는 자연스럽게 마술적 사실주의의 경향성을 띠는 문학의 생산으로 연결되었다. 카리브에서는 신대륙 발견 이전의 마술적 세계관과 독창적인 원시 신앙에 아주 다양한 문화가 더해지면서 일종의 마술적 종합이 이루어졌고, 이 마술적 종합은 끊임없는 예술적 관심의 대상이자 결코 고갈되지 않는 예술의 원천이 되었다.

2) 문학적 공간으로 변형된 아라까따까

막달레나주에 위치한 마을의 이름 '아라까따까Aracataca'에서 '아라Ara'는 치밀라 부족의 언어로 '강'을, '까따까Cataca'는 '부족의 지도자'를 의미한다. 그래서 원주민들은 마을을 '까따까'라 부르기도 한다.

과거 아라까따까는 각양각색의 인종과 문화를 하나로 융합하는 용광로였다. 산간 내륙 지방, 대서양 해안 지역, 안데스 지역, 베네수엘라, 아라비아에서 온 사람들, 1차 세계대전이 끝나고 유럽에서 온 사람 등이 1920년대 중반까지 물밀듯이 밀려왔다. 소위 '바나나 엘 도라도'를 찾아온 것이다. 1908년경만 해도 250여 가구에 1200여 명에 불과하던 인구는 5년 만에 600여 가구에 3000여 명으로 늘어났다. 세 배가 증가한 것이다. 토착민들은 도시 한복판에, 외지인들은 주변부에 자리를 잡았다.

대부분의 가옥은 흙벽에 짚으로 지붕을 얹은 것들이었고, 토착민들의 집만 목재와 양철지붕으로 지어진 것들이었다. 미국 청과회사 유나이티드 프루트 컴퍼니United Fruit Company의 바나나 농장 노동자 수천 명이 집단으로 거주하는 숙소의 환경은 더 열악했다. 맨바닥에 시멘트 기둥만 세우고 야자수 잎으로 지붕을 덮은, 벽도 없는 공간이었다. 밤이면 벌레들이 노동자들의 피를 빨아먹기 위해 몰려들었다. 반면, 회사의 고위 직원이나 관리들은 더할 나위 없이 안락한 공간에서 생활했다. 비참할 정도로 열악하고 지저분한 아라까따까 맞은편 쪽 철길 건너

편에 "양키촌"(에스파냐어로는 양키 대신 '그린고gringo' 라 한다)이 들어섰다. 『백년의 고독』에서는 그곳을 경멸적으로 "전깃불이 켜진 닭장촌"이라고 표현했다. 창문에 방충망이 쳐지고 열기를 차단하기 위해 지붕을 특이하게 설계한 집마다 파란 잔디가 깔린 테니스장과 파란 수성 페인트로 칠한 수영장을 갖추고 있었다. 이렇듯 미국인 관리들의 거주지인 '엘 쁘라도'는 무장한 흑인들이 개를 끌고 다니며 지켰다. 높은 담장으로 감싸진 그곳은 주민들에게는 말 그대로 도달할 수 없는 꿈의 낙원이었다.

여러 인종이 섞여 있는 아라까따까에서 미국인들은 회사 고위직과 내란에 참전했던 퇴역 장성, 대령들로 구성된 그들만의 '소사이어티'에서 생활했다. 퇴역 장성과 대령들은 도덕적·정치적인 명망으로 지역사회의 최상위 집단을 구성하고 있었다. 벤하민 에레라 장군을 위시한 이 그룹에는 가르시아 마르께스의 외할아버지 니꼴라스 리까르도 마르께스 메히아 대령도 속해 있었는데, 이들은 지역 역사에서 전설적인 위치를 점하게 된다. 그들은 가르시아 마르께스의 소설에서 중요한 소재가 되는 집단이다. 벤하민 에레라 장군은 20년대에 아라까따까 지역뿐만 아니라 전국적으로도 최고의 존경을 받고 있었다. 그는 내란 시절부터 아라까따까 지역에 관심을 갖고 있다가 1912년 트리니닷에서 망명 생활을 끝내고 유나이티드 프루트 컴퍼니의 전횡에 맞서기 위해 농장을 건설했다. 가끔 해가 질 무렵이면 마을에 내려와 니꼴라스 마르께스 대령의 사무실에 들러 옛 전우들과 함께 전쟁을 회상하며 담소를 나눴다. 니꼴라스 마르께스 대령은 그때의 일을 외손자인 가르시아 마르께스에게 자주 들려주었다.

그전에 가르시아 마르께스의 외할아버지 니꼴라스 마르께스 대령이 아라까따까에 정착하는 동기가 되고, 또 『백년의 고독』에 지대한 영향을 미치는 사건이 발생한다. 바란까스에 살던 대령이 1909년 10월 19일에 그 마을 중앙광장에서 메다르도 빠체꼬와 다툰 뒤 어느 골목길에서 그를 총으로 살해한 것이다. 그것은 작가로서 가르시아 마르께스의 본능을 일깨운 생애 첫 번째 사건이었기 때문에 뇌리에서 지워 버릴 수 없었고, 나중에 『백년의 고독』에 형상화된다. 당시, 대령과 마찬가지로 골수 자유파에 괄괄한 가톨릭 신자로, 막 결혼해 자식 둘을 둔 가난한 농부였던 메다르도 빠체꼬는 나이가 대령보다 열여섯 살이나 적고 몸집이 아주 큰 사내였는데, 옛 친구이자 같은 당원이고, 천일 전쟁에 함께 참여한 전우로, 대령과 그가 이제 평화를 이루었다고 믿고 있었을 때 대령이 그를 죽여야 했던 것이다.

낮게 깔린 구름, 구슬프게 내리는 가랑비와 더불어 을씨년스럽게 바람이 부는 카리브 특유의 10월 어느 월요일 오후 다섯 시, 메다르도 빠체꼬가 일요일 미사에 참석할 때처럼 하얀 아마포로 만든 옷을 차려입고 한 손에는 우산을 다른 손에는 꼴 바구니를 들고 가랑비가 내리는 골목으로 들어섰다. 골목은 메다르도가 오후에 노새에게 먹일 풀을 베기 위해 지나다니는 길이었다. 눈에 확 띄는 그의 모습은 우산으로 완전히 몸을 가린 채 그를 기다리던 대령의 총구에는 더할 나위 없이 완벽한 표적이었다.

대령은 시청으로 자수하러 가기 전에 절친한 친구이자 자유파 지도자인 로렌소 소야노를 찾아가 위안을 받은 후 집에 들러 부인 뜨란낄리나 이구아란 꼬떼스에게 사실을 알린다. 그러자 그녀는 거의 실성하다시피 한다. 대령과 친구는 광장을 가로질러 시청으로 향했고, 대령은 시장에게 인계된다. 법정에서 메다르도 빠체꼬 로메로를 살해한 것이 사실이냐는 질문에 대령은 "내가 메다르도 빠체꼬를 죽였소, 그가 살아난다면 다시 그를 죽일 것이오"라고 진술한다. 『백년의 고독』에서 쁘루덴시오 아길라르의 귀신이 나타나자 호세 아르까디오 부엔디아가 한 말과 비슷하다.

천일 전쟁과 메다르도와의 결투는 중세에 발생한 8년간의 페스트 재앙처럼 니꼴라스 리까르도 마르께스 메히아 대령 부부를 나락으로 떨어뜨려 평화로운 삶을 파괴해 버렸으며, 니꼴라스 마르께스 대령은 고통스러운 죄의식에 시달리며 비탄에 젖은 인간이 되어 버렸다. 특히 메다르도 살해 사건 이후 메다르도의 그림자는 니꼴라스 마르께스 대령을 한시도 평안하게 내버려 두지 않았다. 『백년의 고독』에서 쁘루덴시오 아길라르의 환영이 호세 아르까디오 부엔디아를 좇아다니듯이, 메다르도의 환영은 대령이 바란까스에서 탈출해 아라까따까로 이주한 후에도 죽을 때까지 거의 30여 년 동안 그를 괴롭혔다. 가르시아 마르께스에게는 예닐곱 살 때 외할아버지가 그에게 고백 조로 한 말이 평생 가슴에 박혀 있다. "넌 죽음이 얼마나 끔찍한 것인지 모를 게다!" 이 사건은 30년 후 그의 손자에 의해 문학적으로 형상화된다.

대령은 바란까스 감옥에 단 며칠 동안만 수감된다. 희생자

가족이 온갖 방법을 동원해 대령을 죽이려 했기 때문이다. 결국 대령의 시촌 처남이며 대령과는 내전 당시 정적이었던 리오아차의 시장 후안 마누엘 이구아란이 대령을 리오아차 감옥으로 이송시킨다. 희생자 가족의 집요함은 리오아차에도 미쳐, 그는 다시 산따 마르따의 감옥으로 이송되어 1년간 수감 생활을 한다. 몇 달 뒤 부인과 자녀, 친지들이 배를 타고 산따 마르따에 도착한다. 『백년의 고독』에서 호세 아르까디오 부엔디아와 식솔들이 육로로 오는 장면과는 대조적이다. 대령은 형기를 마치고 가족과 함께 산따 마르따를 떠나 인근 도시인 시에나가에서 1년간 머문다. 시에나가에는 대령이 1895년에 파나마에서 처음 만났던 애인 이사벨리따 루이스, 그녀와의 사이에 낳은 딸 마리아 그레고리아 루이스가 살고 있었기 때문이다. 대령은 아라까따까 지역의 중앙정부 조세담당관으로 임명되었으나 그 지역의 위생 상태가 열악해 즉각 부임하지 못했다. 그러다가 바나나 경작지가 확대되고 유나이티드 프루트 컴퍼니가 정착하자 1910년 8월 말경 "아무도 약속하지 않은 땅"에 정착하기로 결정한다.

세월이 흘러 가르시아 마르께스가 태어난 지 얼마 되지 않아 그의 아버지 가브리엘 엘리히오 가르시아가 동종요법치료사가 되어 바란끼야로 이주하게 되자 부부는 가르시아 마르께스를 외할아버지 집에 맡기고 그곳으로 이사한다. 가르시아 마르께스가 여덟 살까지 살았으며, 나중에 '마꼰도'의 모델이 되는, 신화적인 과거와 기억 속에서 살아가던 마을 아라까따까는 "가난하고 더러우며 따분한 일상생활"로 가득 차 있고, 주변 지역은 끊이지 않는 폭우로 홍수가 빈발하며, 무더운 더위가 기승을 부리는 곳으로, 가르시아 마르께스의 거의 모든 작품에 공간적 배경으로 기능한다.

아라까따까는 모든 주민이 서로 알고 지내며, "선사시대 알처럼 매끈하고 하얗고 거대한 돌들이 깔린 하상河床으로 투명한 물이 콸콸 흐르는 강가에 위치한 곳"으로, 해가 뉘엿거릴 무렵이면, 특히 12월에 비가 그치고 나면, 공기가 다이아몬드처럼 투명해지고, 산따 마르따의 눈 덮인 시에라 네바다 봉우리들이 강 건너 바나나 농장 앞까지 다가와 있는 것처럼 보이는 곳이었고, 이는 『백년의 고독』에 거의 그대로 형상화된다.

가르시아 마르께스는 결혼하기 전, 어머니와 함께 아라까따까에 있는 외할아버지의 집을 팔기 위해 그곳으로 간다. 이 여행에서 그는 유년 시절에 보았던 멋지고 황홀한 세계 아라까따까가 이제는 황폐하고 가난에 찌들어 있다는 사실을 발견하게 되고, 이는 후에 그가 에덴동산과 같은 마꼰도가 폐허화되는 과정을 그리게 하는 데 결정적인 동기가 된다. 그는 묻혀 버린 시간을 복원하고 아라까따까에서 다시 본 것의 본질(폐허와 고독)에 도달하기 위해서는 보다 거시적 관점이 필요하고, 유년기를 재구성해 외가의 근원이 되는 사람들의 시간과 공간으로 들어가야 한다는 점을 인식한다. 그리고 그는 자신이 인식한 바를 『백년의 고독』을 비롯한 작품을 통해 구현한다. 한마디로 말해, 아라까따까는 가르시아 마르께스에게 문학적 자궁이자 무대로 기능한 것이다.

3) 시적 울림을 지닌 마꼰도

가르시아 마르께스의 작품 활동에서 아주 중요한 점은 마꼰도라는 상상의 마을(도시)을 창조한 것이다. 실재하는 도시 아라까따까에 기반하고, 신화적인 땅 엘 도라도의 황금 빛깔을 입혀 만들어진 마꼰도는 『백년의 고독』의 무대이자 라틴아메리카 사람들의 역사와 신화, 현실이 응축된 상징적 공간이다.

호세 아르까디오 부엔디아가 친구 쁘루덴시오 아길라르를 죽임으로써 고향을 떠나 아무도 닿을 수 없는 곳에 건설해, 부엔디아 가문의 6대에 걸친 영고성쇠, 즉 고통, 절망, 사랑의 결여, 100년의 고독이 펼쳐지는 마꼰도에는 콜롬비아의 리오아차, 시에나가 그란데 같은 오지와 신화적인 땅, 즉 원죄 이전의 축축하고 고요한 낙원, 마법에 걸린 지역의 이미지가 중첩되어 있다. 따라서, 가르시아 마르께스가 마꼰도를 창조하기 위해 실재하는 아라까따까를 모델로 삼았다고 해도, 마꼰도는 아라까따까보다 훨씬 더 다채롭고 의미가 풍성하다. 미하일 바흐친의 용어를 빌려 표현하자면, '카니발적이고 다성적인' 공간이다.

가르시아 마르께스는 1950년대에 신출내기 기자 생활을 하면서 아라까따까에 있는 외갓집을 팔기 위해 어머니와 함께 아라까따까로 가는 기차 여행을 하다가 『백년의 고독』을 구상한 것으로 알려져 있다. 그런데 아라까따까는 가르시아 마르께스가 과거에 구상해 둔 것과는 완연하게 달라져 있고, 소설에 써먹기 위해 그가 찾고 있던 신화적 분위기가 결핍되어 있었기 때문에 소설에 등장하는 마을 이름으로 쓰기에는 설득력이 썩 없는 것처럼 보였다. 그래서 그는 자신이 창조한 마을에 '마꼰도'라는 이름을 붙여 주었는데, 그 내력은 다음과 같다.

기차는 주변에 마을이 없는 어느 역에서 멈추더니 잠시 후 우리가 그곳까지 가는 동안 본 바나나 농장들 가운데 처음으로 농장 이름을 새긴 간판이 달린 농장 앞을 지나갔다. 그 농장은 '마꼰도Macondo'였다. 이 이름은 내가 처음으로 외할아버지를 따라 여행을 다녔을 때부터 줄곧 내 관심을 끌었으나, 이제 어른이 되고서야 내가 그 이름의 시적詩的 울림을 좋아하고 있다는 사실을 깨달았다. 나는 누가 그 이름을 말하는 것을 들어 본 적도 없고, 무슨 의미를 지니고 있는지 내 자신에게도 물어보지 않았었다. 내가 쓴 책 세 권에 등장하는 상상의 마을 이름으로 그 이름을 사용한 적이 있다. 우연히 어느 백과사전에서 그 이름은 꽃도 피지 않고, 열매도 맺지 않으며, 가볍고 스펀지 같아 카누나 부엌세간을 만드는 데 사용되는, 세이바나무와 유사한 열대나무라는 사실을 알아냈던 것이다. 나중에 『대영 백과사전』을 통해 탕가니카에 마꼰도Makondo라 불리는 유목 부족이 존재한다는 사실을 알았고, 그 부족 이름에서 나무 이름이 유래했을 수 있었으리라 생각했다.

하지만 그 문제에 관해 확인해 보지도 않았고 나무를 직접 본 적도 없었다. 사실, 바나나 재배 지역에서 여러 번에 걸쳐 그 나무에 관해 물었으나 내게 설명해 줄 수 있는 사람은 아무도 없었다. 아마도 그런 이름을 지닌 나무가 결코 존재하지 않았을 수도 있었을 것이다.

가르시아 마르께스는 자신의 문학적 공간에 어렸을 때부터 알고 있던 그 이름을 붙이기로 결정해 첫 장편소설 『낙엽』에 등장시킨다. 이 소설은 구조와 문체의 불안정성에도 불구하고 가르시아 마르께스의 독창성과 창작 능력을 잘 보여 준다는 평가를 받는데, 이는 '마꼰도Macondo' 덕분일 수 있다.

마꼰도와 관련해 몇 가지 흥미로운 사실이 있는데, 그 가운데 하나는 다음과 같다. 가르시아 마르께스는 1960년에 쿠바의 수도 아바나로 건너가 1년간 머무른 뒤에 통신사 '쁘렌사 라띠나Prensa Latina'의 뉴욕 지국에서 부지국장으로 근무한다. 그는 포크너 소설의 소재가 된 미국 남부 지역을 여행하면서 이 지역이 콜롬비아의 해안 지역과 매우 유사하다는 사실을 발견하게 된다. 이런 이유로 많은 비평가가 마꼰도와 포크너의 요크나파토

파를 비교하면서 그의 작품에서 포크너의 영향을 강조하기도 한다.

또 하나는 '포스트 붐Post-boom' 세대의 일원인 '맥꼰도(Mcondo 또는 McOndo) 그룹'에 관한 것이다. 이 소설가 그룹은 1996년에 칠레의 알베르또 푸겟과 세르히오 고메스가 35세 미만의 젊은 작가 17인의 단편소설을 모아 『맥꼰도』를 출간하면서 형성된다. '맥꼰도'라는 이름은 마꼰도와 맥도날드 햄버거, 매킨토시 컴퓨터, 그리고 콘도미니엄을 합성한 것이다. 이들은 가르시아 마르께스를 비롯해 뛰어난 라틴아메리카 소설가들이 속한 '붐' 소설이 '과도한 엘리트주의', '형식에 대한 강박 관념'에 사로잡혀 중남미 현실을 무시한다며, 독자가 읽기 쉬운 작품, 강력한 사회 비판 의식을 내포한 리얼리즘적 작품을 써야 한다고 주장한다. 그리고 "라틴아메리카의 현대소설이 새롭게 탄생할 수 있도록 이제 과거와 단절하고 변화해야 하는 순간이 오지 않았는가?"라고 자문하며 '기호품처럼 팔리는 마술적 사실주의' 작품을 거부한다. 이들은 자신들의 문학을 다음과 같이 정의한다. "우리의 맥꼰도에서는 마꼰도와 마찬가지로 모든 것이 일어날 수 있다. 물론 그것은 우리의 방식으로 전개된다. 사람들이 날아다니는 것은 비행기를 타고 있거나 아니면 마약에 취해 있기 때문이다." "오래전에 젊은 작가는 펜을 잡을 것인지 아니면 총을 들 것인지 선택해야 했지만, 지금 가장 고민스러운 문제는 글을 쓸 때 윈도95를 선택할 것인지 매킨토시를 선택할 것인지다."

여담이지만, 가르시아 마르께스의 업적을 기리고, 그 지역에 더 많은 관광객을 불러 모으기 위해 2006년 6월, 아라까따까 시장이 주도해 도시 이름을 '아라까따까-마꼰도'로 바꾸기 위한 주민투표가 열렸다. 하지만 2만 2000명의 유권자 가운데, 3596명이 투표에 참여해 3342명만이 찬성함으로써 의결 정족수인 7400명에 못 미쳐서 자동으로 부결되고 말았다.

이 모든 것은 마꼰도의 영향력이 참으로 대단하다는 반증이다.

4) 집: 『백년의 고독』의 산실

가르시아 마르께스의 외할아버지 니꼴라스 리까르도 마르께스 메히야 대령은 딸 루이사의 연애를 반대한다. 전신기사로 아라까따까에 온 딸의 남자친구 가브리엘 엘리히오 가르시아

가 미혼모의 자식이자 보수당원이고 바람둥이이기 때문에 딸에게 적합하지 않다고 생각한 것이다. 대령은 두 사람을 떼어놓으려고 딸 루이사를 다른 곳으로 보냈으나 가브리엘 엘리히오 가르시아는 루이사를 찾아가 바이올린으로 세레나데를 연주하고, 수많은 연시와 편지, 전보를 보내면서 열렬하게 구애한다. 결국 가족은 두 사람의 결혼을 허락해 1926년 6월 11일에 산따 마르따 대성당에서, 신부가 결혼식 날짜를 잘못 알고 아침 여덟 시가 지난 시각에, 그것도 사람들이 깨워서야 일어나는 바람에 예정보다 40분 늦게 결혼식을 올린다. 가브리엘 엘리히오 가르시아가 리오아차 전신국 업무를 인수해야 했기 때문에 신혼부부는 범선을 타고 신혼여행을 떠났는데, 심한 멀미 때문에 합방도 하지 못한 채 첫날밤을 보낸다.

가브리엘 엘리히오 가르시아는 아들 가비또(가르시아 마르께스의 애칭)가 태어나면서 리오아차를 떠나 아라까따까에 정착한다. 그리고 예전부터 소질이 있다고 여기던 치료술을 익히기 위해 전신기사 직업을 버린다. 아라까따까에 처음 도착해 루이사와 연애하던 시절, 특히 1925년에 발발한 전염병 이질이 돌 때 동종요법치료로 어느 정도 명성을 얻은 경험이 있던 그는 까르따헤나대학교에서 두서없이 공부한 동종요법과 약학에 대한 지식을 바탕으로 이런 결심을 하게 된 것이다. 그러나 가르시아 마르께스 가족이 아라까따까에 머물게 되는 시간은 썩 길지 않다. 방랑기 많은 그 동종요법치료사가 1929년 1월에 더 좋은 곳을 찾아 바란끼야로 떠났기 때문이다. 한 해 전에 정부군이 바나나 농장 노동자들을 학살한 사건도 그가 떠나게 하는 데 한몫을 한다. 그들이 바란끼야로 이주하기 4개월 전인 1928년 9월 8일에 둘째 아들 루이스 엔리께가 태어남으로써 묘한 해결책이 만들어진다. 막 태어난 둘째 아들 루이스 엔리께는 데려가고, 두 살이 되어 가던 큰아들 가비또는 처가에 맡기기로 한 것이다. 외할아버지 부부로서도 가비또가 당신들의 사랑을 독차지함으로써 외손자 없는 생활은 상상하기 힘들게 되어 버렸다.

외갓집은 『백년의 고독』의 제목이 '집'이 될 뻔했을 정도로 『백년의 고독』에서 중요한 공간이다. 소설 제목을 '집'으로 하려고 한 이유는 등장인물들의 행동반경을 완벽하게 집 안으로만 제한하겠다는 가르시아 마르께스의 의도에 따른 것이었다.

가르시아 마르께스의 유년 시절을 통틀어, 말하는 사람에 따라 형태와 소재지가 달라지면서 아주 다양한 방식으로 묘사된 집은 적어도 세 채다. 외할머니가 업신여기는 말투로 들려준 바에 따르면, 첫 번째 집은 인디오들의 오두막 같은 것이었다. 외조부모가 지은 두 번째 집은 갈대에 흙을 붙여 벽을 세우고 야자나무 잎사귀로 지붕을 이은 것으로, 그런대로 넓고 아주 밝은 거실 하나에 화사한 꽃들이 피어 있는 테라스 형태의 식당, 침실 두 개, 거대한 밤나무 한 그루가 있는 마당, 잘 가꾸어진 텃밭, 염소들이 돼지, 암탉들과 평화롭게 공동체를 이루며 살아가던 우리 하나가 있었다. 가장 자주 듣던 이야기에 따르면, 전쟁이 하도 자주 일어났기 때문에 어느 해에 일어난 전쟁을 통해 국가가 독립했는지는 잘 모르겠지만, 독립기념일인 어느 해 7월 20일에 쏘아 올린 폭죽 한 방이 야자잎으로 이은 지붕에 떨어지는 바람에 집이 재로 변하고 만다. 남은 것이라고는 집터인 시멘트 바닥, 출입문 하나가 길 쪽으로 달려 있는 두 칸짜리 방뿐이었다. 공무원이던 외할아버지가 여러 차례 사무실로 사용하던 곳이었다.

가족은 여전히 화재의 열기가 남아 있던 부스러기 위에 자신들의 최종 은신처를 건축한다. 난간에 베고니아가 피어 있는 복도를 따라 방 여덟 개가 나란히 붙어 있는 일자一字형 집으로, 여자 식구들은 오후에 더위가 한풀 꺾이면 복도에 앉아 자수를 하거나 대화를 나누었다. 방들이 모두 단순하고 구분이 되지 않을 정도로 비슷했으나 가르시아 마르께스는 단 한 번만 쳐다보아도 방들이 지닌 무수한 세부 항목 하나하나마다 삶의 중요한 순간이 들어 있다는 사실을 충분히 인식할 수 있었다. 첫 번째 방은 응접실 겸 외할아버지의 개인 사무실로 사용되었다. 접이식 뚜껑이 달린 책상, 용수철을 넣어 푹신한 회전의자, 선풍기, 너덜너덜해진 거대한 에스파냐어 사전 말고는 텅 비어 있는 책꽂이가 있었다. 외할아버지는 그곳에서 주요 인사들, 특히 정치가들, 퇴직 공무원들, 역전의 용사들을 맞이했다. 그들 가운데 역사에 기록되는 손님 둘이 있었다. 라파엘 우리베 우리베 장군과 벤하민 에레라 장군이다. 두 사람은 가르시아 마르께스의 가족과 함께 점심 식사를 했는데, 외할머니가 만년에 기억한 바에 따르면, 우리베 장군은 '새 모이만큼 먹는' 소식주의자였다. 그 방 옆에 외할아버지가 몸이 마디마디로 이루어진 작은 황금 물고기를 만들어 미세한 에메랄드 눈을 붙이면서 즐거운 시간을 보내던 귀금속 세공실이 있었다. 사무실

겸 귀금속 세공실로 사용되던 그 공간은 카리브 지역 관습에 따라 여자들이 출입할 수 없었다. 여자들이 마을 술집에 드나드는 것을 법으로 금하는 것과 같은 식이었다. 그런데도, 시간이 흐르자 그 방은 병실로 변해 그곳에서 뻬뜨라 할머니가 죽고, 외할아버지의 여동생 웨네프리다 마르께스 할머니가 지병으로 죽기 전에 몇 개월을 보냈다. 그 이후 그곳은 외가의 수많은 여자 식구와 가르시아 마르께스의 유년 시절 외갓집을 들락거리던 여자들의 은밀한 낙원이 되기 시작했다. 유년 시절 가르시아 마르께스는 그 두 세계의 특권을 향유하던 유일한 남자였다.

집안 여자들이 둘러앉아 수를 놓는 복도를 넓혀 난간을 둘러놓은 공간인 식당에는 열여섯 명에 이르는 식구들 또는 매일 정오에 기차를 타고 찾아오는 손님들을 위한 식탁이 있었다. 가르시아 마르께스의 어머니는 식당에서 깨진 베고니아 화분들, 재스민의 썩은 그루터기와 개미가 갉아먹은 줄기를 바라보며 숨을 골랐다.

가르시아 마르께스는 나중에 이런 외갓집을 통해 『백년의 고독』에 등장하는 부엔디아 가계를 소설화할 소재를 발견한다.

나는 멋진 어린 시절을 보냈다. 환영幻影으로 가득 찬 커다란 집이 있었다. 상상력을 지닌 외조부모는 미신을 신봉했다. 구석구석마다 죽은 사람들과 그 기억으로 가득 차 있었고, 그래서 오후 여섯 시 이후에는 집에서 한 발짝도 움직일 수 없었다. 한마디로 공포로 가득 찬 멋진 세계였다.

구석구석마다 신비한 요소와 온갖 기억이 가득 차 있던 외갓집은 나중에 그의 작품에 커다란 영향을 미친 요소다. 그가 쓰려고 했지만 끝맺지 못한 첫 번째 소설의 제목을 '집'으로 정한 것도 우연이 아니다. 심지어 가르시아 마르께스가 부모와 함께 살기 위해 외갓집을 떠난 여덟 살 이후로는 흥미로운 일이 전혀 일어나지 않았다고 술회할 정도다.

『백년의 고독』에서 부엔디아 가문이 고독, 근친상간과 더불어 살아간 '집 이야기'는 다음과 같다.

우르술라는 집 안이 식구들로 꽉 차 있고, 자식들이 결혼해서 자식을 볼 때가 되었으며, 집이 좁아 분가를 해야 할 것 같다는 사실을 갑작스럽게 깨닫게 되었다. 그래서 수년 동안 갖은 고생을 다해 가며 모은 돈을 꺼냈고, 식구들의 동의를 구해 집을 증축하는 공사를 시작했다. 손님들을 위한 격식 있는 응접실과 일상생활을 영위할 편안하고 쾌적한 거실, 가족이 손님들과 모두 함께 앉을 수 있도록 자리 열두 개가 딸린 식탁 하나를 들여놓을 수 있는 식당, 마당 쪽으로 창문을 낸 침실 아홉 개, 그리고 양치류와 베고니아 화분을 놓을 선반이 달려 있고 장미 넝쿨로 대낮의 눈부신 햇빛을 막을 수 있는 기다란 복도를 지을 수 있도록 준비했다. 화덕 두 개를 설치하기 위해 부엌을 넓히고, 삘라르 떼르네라가 호세 아르까디오의 미래를 점쳐 주던 낡은 곡식 창고를 헐어내고, 그 대신 집에 양식이 떨어지는 일이 절대로 없도록 그보다 두 배는 더 큰 곡식 창고를 지을 채비를 했다. 마당 밤나무 밑에는 여자들을 위한 변소 하나와 남자들을 위한 변소 하나, 마당 끝에는 커다란 마구간, 울타리를 친 닭장, 소의 젖을 짜는 축사, 그리고 정처 없이 날아다니는 새들이 마음대로 와서 살도록 사방이 터진 새집도 만들 채비를 했다. 우르술라는 남편의 사람을 현혹시키는 열정을 물려받기라도 한 듯 수십 명의 목수와 석수장이들을 데리고 다니며 조명과 난방, 배관의 위치를 정하고, 마음껏 터를 넓혀 가며 공간을 분배했다. … 석회 가루와 코르타르 냄새를 맡는 불편을 겪으면서도 그 마을에는 절대로 존재하지 못할 정도로 큰 집일 뿐 아니라 늪지대 전체에서도 결코 존재한 적이 없는 아늑하고 쾌적한 집이 지구 한가운데서 솟아오르고 있다는 사실을 그 누구도 썩 잘 이해하지 못했다.

외할아버지는 가르시아 마르께스의 작품 세계 전반에 걸쳐 나타나는 대령들의 가계家系를 형성하는 일화를 외손자에게 이야기해 주고, 이는 외손자의 기억 속에서 『백년의 고독』의 아우렐리아노 부엔디아 대령, 심지어는 유령과 같은 족장 등으로 형상화된다.

'미나'라고 불리던 외할머니는 카리브 지역에 만연한 미신을 신봉하던 여자로, 어린 외손자에게 카리브의 초자연적인 신화, 전설, 민담, 미신, 마술적이고 기괴한 현상 같은 것을 얘기해 줌으로써 어린 외손자에게 '문학적 유산'을 남긴다. 외할머니는 환상적이든 불가사의하든 대단히 특이한 이야기를 아주 자연스럽게 다룸으로써 그것이 마치 반론할 수 없는 사실인 것처럼 이야기하고, 어린 가브리엘은 그 이야기를 곧이곧대로 받아들였기 때문에, 외할머니는 외손자 가브리엘에게 가장 중요한 문학적 영향을 미친 인물이다. 환상적이고 기괴한 것들을 사실주의와 결합시키는 서술 방식과 신화 및 전설에 관한 가르시아 마르께스의 특별한 관심은 거의 외할머니 덕분이다. 가르시아 마르께스는 외할머니를 자신의 '마술적 사실주의' 소설의 스토리텔링에 영감을 불어넣어 준 인물로 기억한다. 물론 외할머니 역시 약 30년 후에 외손자가 쓴 『백년의 고독』에 우르술라 이구아란으로 형상화된다.

가르시아 마르께스가 감수성이 풍부하고 문학적 자질이 뛰어났다고는 해도, 너무 어렸기 때문에 외조부모가 들려준 이야기를 제대로 이해했는지는 판단할 수 없지만, 이는 그에게 최초의 문학적 경험이 되고, 기억의 편린들과 역사의식은 그의 문학 세계에 기름진 밑거름이 되었음에 틀림없다. 여기서 우리는 『백년의 고독』에 라틴아메리카 소설 문학의 바탕이 되는 '구전전통'이 강한 영향을 미쳤음을 알 수 있다.

『백년의 고독』에 등장하는 '거세한 수탉 이야기'는 이런 구전전통이 발현된 경우라고 할 수 있다. 마꼰도에 불면증이 급습하자 온 동네 사람들은 월요일 동틀 무렵까지 깨어 있게 된다. 처음에는 아무도 놀라지 않았고, 오히려 당시에 할 일이 엄청나게 많은데도 시간이 모자랐던 마꼰도 사람들은 잠을 자지 않게 되는 것을 즐거워한다. 어찌나 열심히 일들을 했던지 이내 할 일이 더 이상 없게 되고, 사람들은 새벽 세 시에 시계에서 나오는 왈츠의 음표를 세면서 팔짱을 끼고 앉아 있게 되었다. 피로 때문이 아니라 꿈이 그리워 잠을 자고 싶어 했던 사람들은 피곤해지기 위해 온갖 방법을 다 쓴다.

> 함께 모여 앉아 끝없이 얘기를 주고받고, 똑같은 농담을 몇 시간씩 되풀이하고, 거세한 수탉 얘기를 신경질이 날 정도까지 비비 꼬아서 복잡하게 만들었는데, 얘기하는 사람이 얘기를 듣는 사람들에게 거세한 수탉 얘기를 또 들려주는 걸 원하느냐고 물어, 얘기를 듣는 사람이 그렇다고 대답하면, 얘기를 하는 사람은 듣고 싶다고 대답하라고 부탁한 적이 없으며 단지 거세한 수탉 얘기를 그들에게 해 주는 것을 원하는지만 물었다고 말하고, 얘기를 듣는 사람들이 아니라고 대답하면, 얘기를 하는 사람은 아니라고 대답하라 부탁한 적이 없으며 단지 거세한 수탉 얘기를 그들에게 해 주는 것을 원하는지만 물었다고 말하고, 얘기를 듣는 사람들이 입을 다물고 있으면, 얘기를 하는 사람은 입을 다물고 있으라

고 부탁한 적이 없으며 단지 거세한 수탉 얘기를 그들에게 해 주는 것을 원하는지만 물었다고 말하고, 얘기를 듣는 사람들이 자리를 뜰라치면, 얘기를 하는 사람은 자리를 뜨라고 부탁한 적이 없고 단지 거세한 수탉 얘기를 그들에게 해 주는 것을 원하는지만 물었다고 말하는 등, 그런 식으로 며칠 밤이 새도록 지속되는 지독한 모임에서 밑도 끝도 없는 장난을 쳐댔다.

사실, 닭은 반드시 '짝짓기'를 통해 알을 생산해 내지는 않기 때문에 수탉의 거세 여부는 별로 중요하지 않다. 다시 말해 수탉을 거세할 이유가 전혀 없기 때문에 특별한 이야기가 만들어질 이유가 없는데, 더욱이 여기서는, 가상이라 할지라도, 거세한 수탉에 대한 구체적인 이야기가 소개되어 있지 않다. 단순한 언어적 유희에 불과하다는 것이다. 하지만 예리한 독자에게 '거세한 수탉' 이야기는 또 다른 의미를 지닌다. 호세 아르까디오 부엔디아가 투계에서 쁘루덴시오 아길라르를 이겼을 때, 쁘루덴시오 아길라르는 투계장에 모여 있던 사람이 모두 들을 수 있도록, "축하해. 이제 그 닭이 네 마누라한테 남자 구실을 해 주겠구나"라고 소리를 지른다. 근친상간으로 인해 돼지 꼬리 달린 아이가 태어날까 두려워하는 우르술라 때문에 부부 관계를 하지 못하던 호세 아르까디오 부엔디아를 비웃은 것인데, 이 말 때문에 호세 아르까디오가 쁘루덴시오 아길라르를 죽이고 마꼰도를 설립하게 된다. 이렇듯 가르시아 마르께스는 구전 전통에 기반한 단순한 언어적 유희와 이 소설의 중심 모티브를 교묘하게 연결함으로써, 소설의 맛과 멋, 깊이를 더한다.

외조부모로부터 들었을 법한 불면증과 그로 인한 기억상실증에 관한 이야기는 『백년의 고독』의 재미를 배가시킨다.

마을 사람들이 불면증에 걸렸을 때, 불면증의 가장 무서운 점은 잠을 자지 못하는 것이 아니라 기억상실증으로 진행된다는 것이란 사실을 모르던 호세 아르까디오 부엔디아는 "우리가 다시 잠들지 않는다면, 더 좋지 뭐. 그럼 우리 인생이 더 길어질 테니까 말이야"라며 좋아한다. 사람들은 단 일 분도 자지 못했지만, 다음 날 아침에 피로를 전혀 느끼지 않았기 때문에 지루하던 전날 밤을 잊어버린다. 셋째 날, 잠잘 시각이 되었는데도 졸음을 느끼지 않게 되자 비로소 깜짝 놀란 사람들은 자신들이 50시간 이상을 잠을 자지 않고 있었다는 사실을 깨닫는다. 아무도 잠을 이루지 못하고 하루 종일 눈을 뜬 채 꿈을 꾼다. 눈을 뜨고 꿈을 꾸는 그 혼미한 상태에서 그들은 자기 꿈에 나타난 이미지들을 보았을 뿐만 아니라, 몇 사람은 타인의 꿈에 나타난 이미지들까지 본다.

호세 아르까디오 부엔디아는 불면증에 대해 자신이 알고 있던 사실을 설명하기 위해 마을의 가장家長들을 한자리에 모아 놓고 그 재앙이 늪지대의 다른 마을로 전염되는 걸 막기 위한 대책을 세운다. 불면증은 입으로만 전염되는데, 모든 음식이 불면증에 감염되어 있었기 때문에 불면증에 걸리지 않은 외부인은 마꼰도에 머무는 동안 먹고 마시는 것이 금지된다. 그런 격리 조치가 아주 유효했기 때문에 마침내는 그 긴급 상황도 자연스러운 것으로 간주되는 날이 도래하고, 생활이 정리되자 사람들은 일의 리듬을 되찾았으며, 그 누구도 다시는 수면이라는 무익한 습관을 되풀이하지 못한다는 사실에 대해 걱정하지 않는다.

몇 달 동안 잃어버린 기억력을 되찾는 방법을 고안해 낸 사람은 아우렐리아노였다. 어느 날 그가 작은 모루를 찾고 있었는데 이름이 생각나지 않자 아버지가 일러 준다. "그건 모루야." 아우렐리아노는 종이에 '모루'라고 써서 모루 위에 고무풀로 붙여 놓는다. 그런데 며칠이 지나지 않아 실험실 안에 있는 거의 모든 물건의 이름을 기억하기가 어렵다는 사실을 깨닫는다. 그래서 그는 물건마다 각각의 이름을 적어 놓았고, 따라서 물건의 이름을 알기 위해서는 적어 놓은 것을 읽기만 하면 되었다. 호세 아르까디오 부엔디아가 어릴 적에 가장 감명 깊었던 어떤 사건이 기억나지 않는다고 아우렐리아노에게 얘기했을 때, 아우렐리아노는 자기가 사용한 방법에 대해 그에게 설명했고, 호세 아르까디오 부엔디아는 곧 집 안에 온통 이름들을 써 놓았으며, 나중에는 온 마을에 그 방법을 쓰도록 한다. '책상, 의자, 시계, 문, 벽, 침대, 냄비.' 그는 동물 우리로 가서 식물과 짐승의 이름도 표기한다. 기억상실증의 무한한 가능성에 대해 조금씩 조금씩 알아 가던 호세 아르까디오 부엔디아는 각각의 이름을 보고 물건을 알아볼 수는 있겠지만 그 용도는 기억하지 못할 날이 올 수도 있을 거라는 점을 깨닫는다. 그 당시 기억상실증은 더욱 확실하게 나타난다. 그는 암소의 목에 다음과 같이 쓰인 표찰을 걸어 놓는다. "이것은 암소인데, 암소가 젖을 생산하게 하려면 매일 아침마다 암소의 젖을 짜 주어야 하고, 그 젖을 커피와 섞거나 밀크커피를 만들기 위해서는 젖을 끓여야 한다.” 그렇게 사람들은 단어들을 이용해 잠시 붙잡아 두었지만, 자신들이 글자들의 의미를 잊어버리게 되었을 때는 어쩔 수 없이 사라져 버릴 그런 허망한 현실에서 계속 살아간다. 모든 집에는 물건의 이름과 사람의 감정을 기억하기 위한 메모들이 적혀 있다. 그 방식은 대단한 주의력과 정신력을 요구하고 있었기 때문에 많은 사람은 자신들에 의해 창조된 가상현실이 지니는 매력에 푹 빠져들었는데, 그 가상현실은 그들에게 덜 실제적이었지만 더 편안하게 여겨질 정도였다.

호세 아르까디오 부엔디아는 집시들의 희한한 발명품들을 모두 기억하기 위해 언젠가 갖고 싶어 한 적이 있던 기억장치를 만들 결심을 한다. 그 기계는 삶에서 획득한 모든 지식을 매일 아침, 처음부터 끝까지 다시 한번 훑어볼 수 있다는 가능성에 그 원리를 둔 것이다. 그 기계는 중심축에 있는 한 개인이 핸들 하나로 조작할 수 있는 회전식 사전 같은 것으로, 살아가는데 가장 필요한 사항들을 단 몇 시간 이내에 살펴볼 수 있도록 되어 있는 것이었다. 그런데 그가 기계에 관한 요점카드를 약 1만 4000개가량 썼을 때, 멜키아데스가 찾아와서 기억상실증을 치료해 준다.

『백년의 고독』 첫 부분에는 "세상이 생긴 지 채 얼마 되지 않아 많은 것이 아직 이름을 지니고 있지 않았기 때문에 그것을 지칭하려면 일일이 손가락으로 가리켜야만 했다"는 구절이 있다. 인류의 문명사를 '인간이 인식하는 사물이나 현상에 이름을 붙이는 것'이라고 정의한다면, 기억을 상실한다는 것은 문명의 파괴를, 기억을 회복한다는 것은 문명의 지속과 발전을 의미할 수 있을 것이다.

존 브러쉬우드는 "어른들은, '멋지고 기적 같은 일'이 사실과 달리 과장되어 있기 때문에 믿을 수 없다고 생각하지만, 아이들은 그 일을 곧이곧대로 받아들일 수 있다. 이런 경신성輕信性은 『백년의 고독』에 형상화된 믿을 수 없는 현상들을 어느 정도 설명해 줄 수 있다"고 주장한다.

『백년의 고독』이 출간된 이후 가르시아 마르께스는 다음과 같이 고백한다. 『백년의 고독』은 외갓집에 돌아가고 싶다는 끊임없는 욕망에서 출발했고 그의 문학에 큰 영향을 준 것은 조부모와 『천일야화』였으며, 외할아버지가 사망한 이후로는 자신에게 흥미로운 일이 일어나지 않았고, 자신이 당시까지 쓴 작품의 내용은 여덟 살이 되기 전까지 보았거나 들었던 이야기일 뿐이라는 것이다. 그 당시까지 쓴 작품만이 아니라 그 이후로 쓰게 된 작품의 상당 부분도 이에 해당할 것이다.

가르시아 마르께스에게 "살면서 생생하게 지속된 기억은 아라까따까의 집에 살았던 사람들이라기보다는 외조부모와 함께 살았던 그 집 자체다." 그는 매일 아침에 잠을 깰 때마다 "그 집에서 살고 있다"는 착각에 빠진다고 한다. 그 집을 다시 방문한 적도 없는데, "나이가 들어 가도, 특별한 동기도 없는데, 그 오래되고 큰 집에서 한 번도 나온 적이 없이" 계속해서 살고 있다는 생각이 들었다는 것이다. 역설적으로 말하면, 가르시아 마르께스는 결코 그 집을 떠난 적이 없다. 기억과 꿈을 통해 집요하게 집과 함께 살아온 것이다. 마침내는 "유년 시절에 보지 못했던 갈라진 벽을 발견하고 안마당에서 울던 귀뚜라미 우는 소리를 듣고, 밤이면 죽은 사람들의 방에서 발산하던 재스민꽃 향기를 맡게" 되기에 이르렀다.

여기에서 주목할 만한 사실은 가르시아 마르께스의 외갓집이 『낙엽』에 등장하는 집과 거의 동일하고, 『백년의 고독』의 집은 약간의 변형된 것이라는 점이다. 그 집으로부터는 기억뿐 아니라 기억 너머의 달콤하고 정겨웠던 시절도 솟아났을 것이고, 각 작품에서 핵심적인 역할과 기능을 하는 공간도 만들어졌을 것이다. 그리고 그 집에 살았던 사람, 물건, 이야기, 맛, 냄새, 색깔, 음성이 기억의 용광로 속에서 기발한 상상력과 합쳐지면서 마술적으로 작품화되었을 것이다.

2. 마술적 사실주의

가르시아 마르께스는 소설이라는 예술과 소설 창작에 관해 참으로 다양한 생각을 했는데, 그 가운데 하나를 소개하면 다음과 같다.

> 오늘 내 삶을 회고해 보면, 『천일야화』를 읽고 처음으로 감동을 느낀 이래 수많은 책을 읽었다 해도, 당시 소설에 관한 나의 개념은 초보적이었던 것 같다. 세헤라자데가 얘기한 불가사의한 것들은 그녀가 살던 시기의 일상적인 삶에서 실제로 일어났던 것인데, 그녀 다음 세대들의 불신과 삶에 대한 소심증 때문에 그런 일이 계속해서 일어나지 못했다는 과감한 생각을 하기도 했다. 따라서 양탄자를 타고 도시와 산 위를 날 수 있었다거나, 까르따헤

나 데 인디아스의 어느 노예가 200년 동안 병瓶 속에 갇혀 살았다는 등의 얘기를 독자들이 믿을 수 있도록 소설가가 써내지 못하는 한, 우리 시대의 그 누구도 이런 사실을 다시는 믿지 못할 것이라고 생각했다.

라틴아메리카는 참으로 괴이하고 고통스러운 사건들이 끊임없이 일어나는 대륙이다. 그런데도, 다른 관점에서 보자면, 라틴아메리카는 콜럼버스 방문 이전의 원시적인 신앙, 신화, 전설, 마술적 개념들을 이루는 독창적인 요소들과 유럽, 아프리카, 아시아 등 외부에서 유입된 다양하고 풍부한 문화가 '마술적'으로 혼합됨으로써 소진되지 않는 예술적 다산성을 지니고 있다.

라틴아메리카의 현실을 심도 있게 표현하기 위해 가장 적절한 방법을 모색하던 라틴아메리카 소설가들은 역사적·문학적으로 큰 혼란을 겪어 온 라틴아메리카만의 독특한 문학적 표현 방식인 '마술적 사실주의Realismo mágico'를 고안해 냈다. 중남미학자로는 아르뚜로 우슬라르 삐에뜨리가 1948년에 처음으로 썼지만, 이것을 새로운 사조로 규정한 사람은 앙헬 플로레스

였고, 쿠바의 작가 알레호 까르뻰띠에르는 '경이로운 현실Lo real maravilloso'이라는 용어로 표현했다.

알레호 까르뻰띠에르는 아이티 혁명에 관해 다룬 소설 『이 세상의 왕국』(1949)에 '대단히 난해하지만 아주 멋진' 서문을 덧붙여 라틴아메리카 문학의 두드러진 특성 가운데 하나라고 할 수 있는 '경이로운 현실'에 관해 설명한다. 까르뻰띠에르는 작가들이 자신의 주위를 둘러보고, 또 라틴아메리카가 축적해 왔으나 당시까지 세계에, 심지어는 라틴아메리카 사람들에게도 알려지지 않았던 경이로운 문화적 지식을 자기 것으로 만듦으로써 라틴아메리카의 소설이 따라야 할 길을 보여 주는 솜씨를 발휘한다. 알레호 까르뻰띠에르는 '서구인'들이 라틴아메리카의 경이로운 세계를 총체적으로, 정확하게 이해하는 것은 불가능하다고 믿는다. 그는 유럽의 일부 초현실주의 예술가들이 형상화하는 경이로운 것은 작위적인 것, 머릿속에서 나온 것, 즉 지적 유희에 불과하다고 비판하면서 라틴아메리카는 현실 자체가 경이롭기 때문에 당연하고도 자연스럽게 경이로운 현실이 담긴 작품이 탄생할 수밖에 없다고 주장한다. 유럽에서 경이로운 것이 빈약한 상상력을 통해 부자연스럽게 만들어져 왔다면, 라틴아메리카에서는 그것이 모든 기억, 삶의 경험, 환경, 역사에 깃들어 있기 때문에 아주 자연스럽다는 것이다. 그는 서구의 초현실주의자들이 자동기술법이나 억지로 짜낸 상상력에서 나온 기괴스러움에 집착하는 것을 비판하면서 이에 대한 대안으로 무한할 정도로 넓고 다채로운 라틴아메리카 세계의 경이와 신비를 먼저 살피는 것이 현실을 총체적으로, 올바르게 접하는 방법이라고 주장한다.

알레호 까르뻰띠에르의 인식과 글쓰기는 라틴아메리카의 '붐' 세대 소설가인 멕시코의 까를로스 푸엔떼스, 가브리엘 가르시아 마르께스 같은 작가들에게 지대한 영향을 미치고, '마술적 사실주의' 소설이 세계적으로 널리 알려지는 데 기여한다. 특히 이들 소설 가운데 가르시아 마르께스의 『백년의 고독』은 에스파냐어권 최고의 현대소설로 꼽힌다.

'경이로운 현실'과 '마술적 사실주의'는 각각 '현실'과 '사실주의'라는 명칭이 암시하듯 사회·역사적 의미가 내포된 개념으로, 둘 사이에는 서로 유사한 면도 있지만, 차이점 또한 존재한다. '경이로운 현실'은 라틴아메리카 고유 현실에 대한 '재현'에 가깝다고 할 수 있기 때문에 현실 자체가 중시된다. 즉, 라틴아메리카의 현실은 원래부터 유일하고 경이로운 것이었기 때문에 특정한 기법이나 메타포를 통해 각색될 필요가 없다는 것이다. 중요한 것은 라틴아메리카 고유의 현실에 대한 믿음에 있기 때문이다. '마술적 사실주의'는 특출한 감수성을 가진 작가가 현실의 '시적詩的 변형'을 통해 진정하고 심오한 제2의 현실을 포착하려는 역사적·사회적·문학적 메타포라고 할 수 있다. '사실적인 것의 비사실화'나 '초자연적인 것의 자연화'와 같은 서사 전략(기법)들과 신화적 요소가 그 특징이다.

이들 작가는 자신이 특이한 사건들을 이야기할 수 있다고 확신하고 이를 허용했는데, 그 이유는 그런 사건들이, 비록 감수성이 뛰어난 몇 사람에게만 보이고 감지된다 할지라도, 실제로 일어나거나 일어날 수 있기 때문이다. 라틴아메리카는 믿음이 사건 자체처럼 핍진성을 획득하는 대륙이기 때문에 라틴아메리카 사람들의 믿음은 그럴 만한 상황이 주어지면 실제 행위처럼 사실적인 것이 된다. 특이한 것, 경이로운 것이 라틴아메리카의 집단의식에 자리하고 있는 것이다. 좋든 나쁘든 불가사의한 것이 라틴아메리카의 현실에 새겨져 있기 때문에 아르헨티나의 훌리오 꼬르따사르의 놀랄 만한 우화들도, 가르시아 마르께스의 도저히 상상할 수 없는 장면들도 우리를 그리 놀라게 하지 않는다. 라틴아메리카 작가들에게는 현실 자체가 경이로움이다. 따라서 라틴아메리카 문학은 경이로운 현실의 반영과 재현인 것이다. 가브리엘 가르시아 마르께스의 표현을 패러디하자면, 라틴아메리카의 현실이 가장 훌륭한 작가다.

앞서 언급했다시피, 가르시아 마르께스는 카리브에서 태어나 카리브에서 자랐다. 그는 현실보다 더 가공할 만한 것을 떠올릴 수 없었기 때문에 시적 영감을 가지고 카리브의 현실을 문학작품 속에 이식했다. 상상이라는 것은 현실을 다채롭게 가공하는 도구일 뿐이고, 소설은 현실을 해석해서 반영한 것이기 때문에 그가 쓰는 모든 것은 현실에 기반한 것이다. 여기서 가르시아 마르께스가 말하는 현실은 종래의 사실주의가 추구하던 '눈에 보이거나 만질 수 있는' 현실의 차원에서 벗어나, 보다 폭넓게 이해되어야 한다. 그에게 현실이란 매일 일어나는 일상사와 물리적 고통에 한정되는 것이 아니라, 신화나 신앙처럼 우리가 굳게 믿고 있지만 눈에 보이지 않는 정신적·심리적 요소들까지 포함한다. 가르시아 마르께스는 이렇게 '이성주의자들이 강요하려고 했던 현실의 한계'를 극복하고, 현실이란 것은 보다 광범위하고 다채롭다는 사실을 간파하면서 현실의 지평을 확장한다.

'마술적 사실주의'는 사실과 허구가 초현실주의적 수법으로 교묘하게 결합되어 있는 형태를 말하는 것으로, 좁게는 리얼리즘의 한 유형, 넓게는 세계 인식의 한 방법이라고 말할 수 있다. 충분히 현실에 바탕을 두고 있지만, 현실을 실제의 삶보다 더욱 폭넓게 수용하는 라틴아메리카에게 '현실'이란 개인 심리적·사회적·수평적·역사적·외면적 측면뿐만 아니라 집단 심리적·민화적·미신적·환상적·추상적·수직적·탈시간적·내면적 측면까지 포함한다. 이런 맥락에서 죽음의 세계는 삶의 세계와 모순되는 것이 아니라 공존하며, 부재와 현존은 한 사물이나 현상의 동시적 속성이다. 진정한 의미의 현실은 불가시적 세계로 둘러싸인 포괄적인 전체를 뜻한다.

가르시아 마르께스는 분석적이고 증언자적인 태도를 배제하고 대신 유년기부터 들어 온 전설이나 신화로 포화되어 있는 잠재의식의 인도를 받아 『백년의 고독』에 자신만의 필체와 서사적 관점을 사용해 하나의 현실과 또 다른 현실, 사실과 환상을 교묘하게 융합함으로써 특유의 제3 현실, 즉 총체적 허구의 세계를 창조해 냈다. 이런 창조적 행위를 통해 드러난 제3 현실은 독자의 개념적 세계를 마술적 세계로 대치시킴으로써 독자의 무의식이나 잠재의식 속에 엄연한 현실로 받아들여진다.

신화나 전설 같은 '이야기'를 듣고 전하는 전통, 이야기하는 사람은 자신이 들은 이야기를 전하면서 살을 붙이고 듣는 사람은 그 이야기를 믿는 전통에 기반한 언어유희 또한 『백년의 고독』에 '마술적인' 효과를 부여한다. 아마란따는 유난히 '고상을 떠는' 올케 페르난다를 놀리면서 이렇게 말한다.

> "—Esfetafa esfe defe lasfa quefe lesfe tifiefenenfe asfacofo afa sufu profopifiafa mifierfedafa."

원문에서는 선행하는 음절의 모음에 'f'를 합쳐 한 음절을 만든 뒤 선행하는 음절 뒤에 삽입하는 방식을 취하고 있다(단음절을 구성하는 's'와 'n', 'r'의 경우는 무시했다). 원문에서 'f'와 모음이 결합된 음절을 삭제하면 다음과 같은 문장이 나온다.

> "Esta es de las que les tienen asco a su propia mierda."

첫 번째 문장을 한국어로 번역해 보자면 다음과 같다.

"이피 애패는 자파기피가 싼판 똥퐁에페도 구푸역펵질필을 할팔 그프런펀 여펴자파야."

그런데, 한국어는 에스파냐어와 달리 한 음절이 '자음+모음+자음'으로 구성될 수 있기 때문에, 즉 받침이 있을 수 있기 때문에 한국어 번역에서는 선행하는 음절의 받침을 붙였다. 물론 '는', '가', '도', '을', '야' 뒤에는 'ㅍ' 음이 들어간 음절을 삽입하지 않았다. 이 말의 메시지(두 번째 문장의 한국어 번역문)는 다음과 같다.

"이 애는 자기가 싼 똥에도 구역질을 할 그런 여자야."

두 번째 문장이 직접적으로 전하고 싶은 메시지를 담은 언술이라면, 첫 번째 문장은 구전전통을 응용해 만든 언술에 마술적 장치를 가미해서 이해하기 어렵게 '비틀고 각색한' 것, 다시 말해 시적으로 변형한 것이라고 할 수 있을 것이다. 이렇듯 가르시아 마르께스는 첫 번째 문장 방식을 채택함으로써 표현의 다양성을 꾀하고 있는데, 이런 언술에는 화자가 포착한 다양한 현실이 담겨 있게 된다.

물론, 자기를 놀리는 데 화가 난 페르난다가 아마란따의 말이 무슨 뜻인지 알고 싶어 했을 때 아마란따는 고상하게 빙빙 돌려서 말하는 대신 단도직입적으로 대답한다. "그러니까, 넌 엉덩이와 이마도 제대로 구별할 줄 모르는 그런 여자란 말이야." 여기서 '엉덩이'는 낮고 비천한 것을, '이마'는 높고 고상한 것을 의미한다.

『백년의 고독』의 다양한 마술적 장치는 실제로 이 작품을 읽어야만 이해할 수 있는데, 작품에 나타난 예 몇 가지를 살펴보면 다음과 같다. 가르시아 마르께스의 관찰력, 비유·문체·문학성, 다시 말해, 현실의 시적 변형·마술적 사실주의의 미학이 어떤 식으로 구현되었는지 살펴보기 위해 가급적 소설의 관련 내용을 그대로 인용하겠다.

먼저 '펄펄 끓는 얼음' 이야기를 소개해 보겠다. 호세 아르까디오 부엔디아는 아이들이 하도 졸라댔기 때문에 적지 않은 돈 30레알을 지불하고 아이들을 천막 한가운데로 데려갔는데, 그곳에는 가슴에 털이 무성하고 머리를 빡빡 깎은 어느 거인이 코에 구리 고리를 달고, 발목에 무거운 쇠사슬을 차고서 해적의 보물상자 하나를 지키고 있었다. 거인이 상자 뚜껑을 열자 상자 안에서 얼음같이 차가운 공기 한 줄기가 새어 나왔다.

상자에는 내부에 무수한 바늘이 들어 있는 투명하고 커다란 덩어리 하나밖에 없었는데, 그 바늘들에 황혼빛이 스며 들어가 색색의 별무늬들을 만들어 내고 있었다. 아이들이 즉시 설명해 주기를 기다리고 있다는 것을 알아차린 호세 아르까디오 부엔디아는 당황스러워하며 이렇게 중얼거리고 말았다.

"저건 세상에서 가장 큰 다이아몬드란다."

"아니요. 이건 얼음이오." 그 집시가 고쳐 말했다.

…

호세 아르까디오 부엔디아는 5레알을 낸 뒤에 얼음 위에 손을 얹은 채 몇 분 동안 그대로 있었는데, 그 사이 신비한 물건을 만지고 있다는 두려움과 기쁨으로 인해 그의 가슴은 부풀어 오르고 있었다. 그는 어떻게 설명해야 좋을지 몰라, 자식들이 그 신비한 경험을 직접 할 수 있도록 10레알을 더 지불했다. 어린 호세 아르까디오는 얼음을 만지려 하지 않았다. 반면에 아우렐리아노는 앞으로 한 발자국 나아가 얼음에 손을 얹더니 화들짝 뒤로 뺐다.

"펄펄 끓고 있어요."

여기서 가르시아 마르께스의 섬세한 관찰력과 뛰어난 묘사, 절묘한 비유가 '감추어져 있던 현실'의 층위를 다채롭게 보여준다. 사실 냉동기 또는 제빙기가 없는 카리브 지역에서는 얼음을 구경할 수 없었기 때문에 아우렐리아노가 느낀 충격은 당연히 엄청났겠지만, "펄펄 끓고 있다"는 표현을 통해 작가는 마치 얼음에 마술을 부려 다른 사물로 바꾸어 놓는 것 같은 효과를 거둔다. 다시 말해, 시적 변형을 통해 일반적인 감각 세계의 경계를 무한히 넓혀 놓은 것이다. 호세 아르까디오 부엔디아의 인식은 마꼰도가 지닌 마술적 속성을 여실히 드러낸다. 아들의 말을 들은 그가 "이건 우리 시대의 가장 위대한 발명품이야"라고 선언한 것이다. 이 얼음은 호세 아르까디오 부엔디아가 벽이 거울로 된 집들로 이루어진 시끌벅적한 도시 하나가 세워지는 꿈을 꾼 것과 연관된다. 그는 얼음 구경을 하고 나서 그 꿈의 깊은 의미를 이해했는데, 머지않아 자신들이 물처럼 흔하기 그

지없는 재료로 많은 얼음 블록을 제조해서 새로운 집들을 지을 수 있으리라 생각한 것이다.

'죽은 사람이 다시 나타나 마치 살아 있는 사람처럼 활동하는 모습'도 『백년의 고독』이 지닌 마술적 사실주의의 특성을 강화시킨다. 마술적 사실주의의 요체는 삶의 세계와 죽음의 세계가 정확하고 엄격하게 구분되지 않는 주술적 세계, 신화적 세계를 포착하는 것이기 때문이다.

사건은 명예를 건 정당한 결투로 판정이 났지만 호세 아르까디오 부엔디아와 우르술라에게는 양심의 가책이 남았다. 잠을 이룰 수 없었던 어느 날 밤, 우르술라는 물을 마시러 마당에 나왔다가 물독 옆에 서 있는 쁘루덴시오 아길라르를 발견했다. 에스파르토 뭉치로 목에 난 구멍을 막으려 애쓰는 그는 창백한 얼굴에 몹시 슬픈 표정을 띠고 있었다. 무섭다기보다는 애처롭다는 생각이 들었다. 방으로 돌아온 우르술라는 남편에게 자신이 본 바를 얘기해 주었지만 그는 개의치 않았다. "죽은 사람들은 나타나지 않소. 우리가 양심의 가책을 견딜 수 없다는 게 문제지." 그가 말했다. 그로부터 이틀째 되는 날 밤, 우르술라는 목욕탕에서 에스파르토 뭉치로 목에 말라붙은 피를 닦아 내고 있는 쁘루덴시오 아길라르를 다시 보았다. 다음 날 밤에는 빗속을 거닐고 있는 그를 보았다. 아내가 환영을 보는 것에 짜증이 난 호세 아르까디오 부엔디아는 창을 들고 마당으로 나갔다. 마당에는 죽은 자가 슬픈 표정을 지은 채 서 있었다.

"어서 꺼져. 네가 나타날 때마다 널 죽이고 말 테니까." 호세 아르까디오 부엔디아가 소리쳤다.

쁘루덴시오 아길라르는 자리를 뜨지 않았고, 호세 아르까디오 부엔디아 또한 감히 창을 던지지 못했다. 그날 이후 호세 아르까디오 부엔디아는 잠을 잘 이룰 수 없었다. 빗속에서 자신을 쳐다보던 죽은 자의 한없이 쓸쓸한 모습, 산 자를 부러워하는 깊은 우수, 에스파르토 뭉치를 적실 물을 찾아 집 안을 뒤지고 다니는 초조한 모습은 그를 몹시 고통스럽게 만들었다.

한 가지 특이한 점은, 죽은 쁘루덴시오 아길라르가 "백발에 행동이 굼뜬 노인"으로 등장한다는 것인데, 죽어서도 늙어 가는 것은 마꼰도에서만 일어날 수 있는 마술적인 현상이라 할 수 있을 것이다.

'인육을 먹은 것, 항해 도중 바다에서 잡은 바다 용의 배 속에서 발견된 십자군 병정의 투구, 허리띠, 무기'에 관한 것도 우리의 상상 너머에 있는 현상이라 할 수 있을 것이다.

한번은 배가 파선되어 일본 바다에서 두 주일 동안 표류하면서 일사병으로 죽은 동료의 시체를 먹고 살았는데, 소금기에 절고 또 절고, 햇볕에 익은 그 살이 쫄깃쫄깃하고 달콤하더라는 얘기도 했다. 햇볕이 쨍쨍한 어느 대낮에는 타고 가던 배의 선원들이 바다 용을 잡았는데, 그 배 속에서 십자군 병정의 투구와 허리띠, 무기들이 나왔다고도 했다.

'소금기에 절고 또 절고, 햇볕에 익은 인육이 쫄깃쫄깃하고 달콤하다'는 표현에서 '달콤하다'는 형용사는 실제 인육과 어울리기 어려운 것인데, 이 또한 실재하는 것의 숨겨진 의미를 표현하기 위한 마술적인 장치라고 할 수 있다.

'화로에 얹어 둔 우유가 끓지 않아 주전자 뚜껑을 열었을 때, 그 안에서 득시글거리던 구더기'는 물리적인 법칙을 넘어서는 현상으로서 소설에 마술적인 분위기를 더해 준다.

천막 안으로 들어간 그는 셔츠를 벗고, 야전침대에 걸터앉았고, 오후 3시 15분에 주치의가 옥도정기를 적신 솜으로 가슴에 그려 준 동그라미에 권총 한 발을 발사했다. 바로 그 순간, 마꼰도에서는 우르술라가 화로에 얹어 둔 우유가 하도 끓지 않아 이상하게 여겨 주전자 뚜껑을 열었는데, 그 안에는 구더기가 득시글거리고 있었다.

또한 불행의 징조로서 '득시글거리는 구더기'를 선택함으로써 당시 카리브 지역의 미신과 주술의 특성을 살짝 보여 주고 있다.

'미녀 레메디오스를 사모해 그녀가 목욕하는 모습을 훔쳐보다 지붕에서 떨어져 죽은 남자에게 일어난 현상'은, 마꼰도에서는 '사랑', '정념' 같은 정신적 · 심리적 · 추상적 · 형이상학적인 것에 물리적인(마술적인) 변화가 생길 수 있다는 사실을 암시한다.

식당에 있다가 지붕이 무너지고 사람이 죽어나는 소리를 들은 외지인들이 시체를 끌어내려고 급히 달려갔고, 죽은 남자의 시체에서 미녀 레메디오스의 숨이 막힐 듯한 체취를 맡았다. 그 체취가 그의 몸속에 어찌나 깊숙이 스며들어 있었던지 갈라진 머리 틈새에서는 피 대신에 은밀한 향취를 풍기는 호박琥珀 색깔의 기름이 흘러나왔는데, 그때 그들은 미녀 레메디오스의 체취는 남자들이 죽어 뼈가 가루가 될 때까지 계속해서 괴롭힌다는 사실을 깨달았다.

'욕망의 대상이 된 여자의 체취가 남자의 몸속에 어찌나 깊숙이 스며들어 있었던지 죽은 남자의 갈라진 머리 틈새에서는 피 대신에 은밀한 향취를 풍기는 호박琥珀 색깔의 기름이 흘러나왔다'는 언술에서 우리는 '마꼰도라는 마술적 세계'에서는 죽음마저도 일반적인 범주를 넘어선다는 사실을 포착하게 될 뿐만 아니라 작가의 기발한 상상력과 현실에 대한 시적 변형 능력에 감탄하게 된다. "미녀 레메디오스의 체취는 남자들이 죽어 뼈가 가루가 될 때까지 계속해서 괴롭힌다"는 표현에서는 과장된 것 또한 마술적인 장치라는 사실을 알 수 있다.

그녀는 "보는 이를 어지럽게 할 정도로" 아름다워, 그녀를 본 남자들 가운데 대부분은 "다시는 평화롭게 잠을 잘 수 없었기 때문에 차라리 그 기회를 단 한 번도 갖지 않는 편이 더 나았을 정도였다. 외지 출신 사내 하나가 미녀 레메디오스의 얼굴을 본 후 영영 마음의 평화를 잃고서 굴욕과 비탄의 수렁에 빠져 헤맸는데, 몇 년 후 철로 위에서 잠이 들었다가 밤 기차에 치여 몸이 산산조각으로 부서져 버렸다."

미녀 레메디오스는 보통 사람들과는 몹시 달랐다. "사춘기에 접어든 지 한참이 되어서도 산따 소피아 델 라 삐에닷이 미녀 레메디오스를 목욕시키고, 옷을 입혀 주어야 했으며, 그런 일을 스스로 할 수 있을 정도가 되었을 때조차도 자기가 싼 똥을 막대기에 묻혀 벽에 작은 동물 그림을 그리지 않도록 항상 감시를 해야만 했다. 그녀는 천성적으로 그 어떤 관습에도 따르려 하지 않았기 때문에 알몸으로 집 안을 돌아다니고, 글을 읽고 쓸 줄도 몰랐으며, 식탁에서 포크나 나이프도 제대로 사용하지 못한 상태로 스무 살이 되었다." 그런데도, 다른 한편으로, "그녀는 어떤 통찰력을 지니고 있어서 사물들의 다양한 외양 속에 들어 있는 실체를 꿰뚫어 보는 것처럼 보였다." 그래서 우르술라는 "하느님이 집안에 보기 드물게 순수한 아이를 상으로 내려 주기라도 한 것처럼 하느님께 감사하고 있었으나, 동시에 그녀의 아름다움이, 그 아름다움과는 반대되는 효력을 지닌 것처럼, 또 그런 순진함의 한가운데에 도사린 사악한 함정처럼 여겨졌기 때문에 당황했었다. 그래서, 우르술라는 미녀 레메디오스가 이미 어머니 배 속에서부터 그 어떤 해악에도 물들지 않는 안전한 상태였다는 사실을 모른 채 그녀를 세상과 격리시켜 지상의 모든 유혹으로부터 보호하기로 결정했다."

결국 우르술라의 바람은 미녀 레메디오스가 인간 세계를 떠나 하늘로 올라감으로써 이루어졌는데, '침대 시트를 타고 하늘 높이 날아가 이 세상에서 영원히 사라져 버린 미녀 레메디오스'는 마치 기독교 성인의 승천 기적을 보는 것 같다.

> 미녀 레메디오스가 이 말을 막 마쳤을 때, 페르난다는 가느다란 광풍光風이 불어와 손에서 침대 시트들을 낚아채서 활짝 펼치고 있다고 느꼈다. 아마란따가 입고 있던 페티코트의 레이스가 신비스럽게 떨리는 걸 느끼며, 쓰러지지 않기 위해 시트를 붙잡으려 애를 쓰고 있던 순간, 미녀 레메디오스가 공중으로 떠오르기 시작했다. 그 오묘한 바람이 어떻게 불어 가는지 알아내려고 침착하게 행동했던 사람은 눈이 거의 다 멀어 버린 우르술라뿐이었

는데, 그녀가 공중으로 올리고 있던 침대 시트들의 눈부신 날갯짓 사이로 손을 흔들며 작별인사를 하는 미녀 레메디오스를 보면서 빛이 이끄는 대로 날아가도록 내버려 두고 있는 사이, 미녀 레메디오스를 실은 침대 시트들은 풍뎅이와 달리아 냄새가 밴 공기를 버리고 떠나서는 오후 네 시가 끝나 가는 공중을 날아올라, 인간이 상상할 수 있는 가장 높이 나는 새들도 쫓아가지 못할 만큼 높은 창공으로 영원히 사라져 버렸다.

미녀 레메디오스의 승천은 어떤 인습이나 구속에도 얽매이지 않고 자유를 찾고자 하는 인간의 염원을 상징적으로 보여준다고 할 수 있을 것이다.

'호세 아르까디오 부엔디아가 죽었을 때 밤새 소리 없이 내린 노란 꽃비' 또한 현실을 과장함으로써 미학적 효과를 극대화한 경우라 할 수 있다.

그들은 호세 아르까디오 부엔디아의 방으로 가서 그를 온 힘을 다해 흔들어 보고 귀에 대고 소리를 지르고, 콧구멍 앞에 거울을 갖다 댔지만, 그를 깨울 수가 없었다. 잠시 후 목수가 관을 만들

> 려고 그의 몸 치수를 재고 있을 때, 그들은 창밖으로 작은 노란 꽃들이 보슬비처럼 떨어지는 것을 보았다. 그 꽃비는 조용한 폭풍우처럼 밤새도록 내려 지붕들을 덮고 문들을 막아 버렸으며 밖에서 잠을 자던 짐승들을 질식시켜 버렸다. 너무나 많은 꽃이 하늘에서 쏟아졌기 때문에 아침이 되자 거리가 폭신폭신한 요를 깔아 놓은 것처럼 되어 버려서 장례행렬이 지나갈 수 있도록 삽과 갈퀴로 치워야 했다.

'4년 넘게 내리는 비' 또한 현실의 이면에 숨겨져 있는 마술적 속성을 과장을 통해 잘 드러낸다.

> 비는 4년 11개월 이틀 동안 내렸다. … 하늘은 구멍이라도 뚫린 듯 요란한 폭풍우를 퍼부어댔고, 북쪽에서 내려온 태풍은 지붕들을 날려 버리고 벽들을 무너뜨리고 바나나 농장에 있는 나무들의 마지막 뿌리 밑동까지 죄다 뽑아 버렸다. … 가장 좋지 않았던 점은 장마가 모든 것을 변화시키고 있다는 것이었는데, 가장 건조한 기계들도 3일마다 기름을 치지 않으면 기어들 사이에 꽃들이 피어났으며, 금실 자수의 실에 녹이 슬고, 젖은 옷에 사프란의 이

끼가 돋아났다. 공기가 어찌나 축축했는지, 물고기들이 문으로 들어와서는 방 안 공기 속을 헤엄쳐 창문을 통해 나갈 수 있을 정도였다.

'100살이 넘는 여성'이 변해 가는 모습을 묘사한 부분에는 가르시아 마르께스의 상상력이 잘 구현되어 있고, 독특한 비유에는 은근한 유머가 배어 있다.

그녀는 살아가면서 조금씩 조금씩 몸이 줄어들어 태아처럼, 미라처럼 되어 갔고, 생애 마지막 몇 달 동안에는 잠옷 속에 말려든 작은 살구씨 같은 모습이 되어 버렸는데, 언제나 쳐들고 있던 팔은 결국 거미원숭이의 다리로밖에는 생각되지 않을 정도였다. 그녀가 며칠이고 꿈쩍도 하지 않은 때도 있어 산따 소피아 델 라 삐에닷은 그녀가 살아 있는지를 확인하기 위해 몸을 흔들어 보아야 했고, 스푼으로 설탕물을 떠먹이기 위해 그녀를 자기 무릎에 앉히기도 했다. 우르술라는 흡사 방금 태어난 할머니 같았다. 아마란따 우르술라와 아우렐리아노가 그녀를 침실로 데려가고 데리고 나왔으며, 그녀가 아기 예수보다 약간 더 큰지 알아보기 위해 그녀를 제단에 눕히기도 했는데, 어느 날 오후 그녀를 곡식 창고의 어느 찬장에 숨겨 놓았다가 하마터면 쥐들에게 먹힐 뻔한 적도 있었다.

특히 한 발의 총성이 울린 뒤에 일어난 호세 아르까디오의 죽음에 관한 '사실'의 기술에서는 마술적 사실주의의 면모가 아주 잘 드러난다.

호세 아르까디오가 침실 문을 닫자마자 권총 소리가 집 안을 진동했다. 한 줄기 피가 문 밑으로 새어 나와, 거실을 가로질러 거리로 나가, 울퉁불퉁한 보도를 통해 계속해서 똑바로 가서, 계단을 내려가고, 난간으로 올라가, 아라비아인 거리를 통해 뻗어 나가다, 어느 길모퉁이에서 오른쪽으로 돌았다가, 다른 길모퉁이에서 왼쪽으로 돌아, 부엔디아 가문의 집 앞에서 직각으로 방향을 틀어 닫힌 문 밑으로 들어가서는 양탄자를 적시지 않으려고 벽을 타고 응접실을 건너, 계속해서 다른 거실을 건너고, 식당에 있던 식탁을 피하기 위해 넓게 우회해서 베고니아가 있는 복도를 통과해 나아가다, 아우렐리아노 호세에게 산수를 가르치고 있던 아마란따의 의자 밑을 들키지 않고 지나, 곡식 창고 안으로 들어갔다가 우르술라가 빵을 만들려고 달걀 서른여섯 개를 깨뜨릴 준비를 하고 있던 부엌에 나타났다. (이 책 부록2: 가보의 외가댁 평면도 참조)

마치 피가 살아 있어서 생각하고, 기억하고, 판단하는 것처럼 보인다.

위에서 소개한 것들과 조금 다른 성격의 마술적 장치도 있다. 가르시아 마르께스는 바나나 농장 노무자들이 자신들의 노동권과 생존권 보장 문제를 놓고 벌인 시위를 정부군이 진압하는 과정에서 사망한 역사적 숫자 7(또는 13)명을 『백년의 고독』에는 3000명으로 소개하고 있다. 이런 과장에 대해 그는 "100년 뒤에 3000명이라는 환상적 숫자가 역사적 숫자로 믿어지고 7(13)명이라는 역사적 숫자는 믿기 어려운 환상적 숫자로 퇴색할 것인데, 그때는 사람들이 역사보다는 나의 픽션을 믿을 것"이라고 말함으로써 역사적 사실을 비현실적이고 마술적인 영역으로 끌어들인다. 이에 관해서는 뒤에서 더 자세하게 분석할 것이다.

가르시아 마르께스 자신은 "작가보다는 마술사가 되고 싶었다"는 말은 그가 현실을 '제대로' 파악하고 표현하기 위한 기재로 차용한 마술적 사실주의와 연관이 있다. 마술사처럼 하는 것, 즉 현실의 경계를 허물어 무한히 확대하고, 현실을 재해석하려는 그의 시도는 『백년의 고독』에서 충분히 탐지되는데, 이 허구적 세계는 마치 창조주가 실제로 눈에 보이지 않거나 존재하지 않는 것처럼, 마술에 의해, 마술 속에서, 마술로부터 생성된다.

가르시아 마르께스는 이성이나 합리성으로 이 세계를 이해하는 것을 거부하고, 환상이라는 것을 현실로 전위시킨다. 그가 "상상력이라는 것은 예술가가 자신이 살고 있는 현실에 기반해 새로운 현실을 만들어 내는 특별한 능력"이라고 말했다시피, 다른 사람들에게는 실제로 믿을 수 없는 사실들이, 그에게는 자연과의 동일화 과정을 통해, 충분히 믿을 수 있는 사실로 바뀌게 된다. 그는 자신이 살고 있는 구체적인 현실을 출발점으로 삼아 상상력을 동원해 주위의 사물들을 새롭고 놀랄 만한 현실로 바꾸어 낸다. 여기서 나오는 아름다움은 특별한 감수성을 지니지 못한 사람들에게는 늘 숨겨져 있는 사물과 현실의 경이로움을 발견하는 개개인의 비범한 능력에서 비롯되는 것이다.

『백년의 고독』을 비롯한 마술적 사실주의 작품들은 우리가 잃어버린, 그러나 회복해야만 하는 인간의 보편적인 희망이 담긴 주술적 세계, 또는 신화적 세계를 반영한다. 즉, 나는 이 세상에서 홀로 떨어진 존재가 아니라 엄연히 이 세계의 한 부분을 이루고 있다는, 소위 신화 세계에서 말하는 화해와 동일성의 세계를 말하고 있다.

제3장
현실과 허구의 경계 허물기

1. 현실의 시적 변형

가르시아 마르께스는 '마술적 사실주의'라는 장치를 통해 라틴아메리카의 역사와 현실을 문학적으로 형상화시키는데, 여기서 '환상'과 '현실'은 경계 없이 공존하며 어느 부분에서는 '환상'이 '현실'을 압도하는 것처럼 보이기도 한다. 가르시아 마르께스가 현실 세계에 도입한 마술(환상적인 것들)은 현실 세계를 더욱더 풍부하게 해 줄 뿐만 아니라 현실 세계의 숨은 의미와 진실을 우리 앞에 다른 모습으로 드러내 보이는 데 일조한다. 가르시아 마르께스가 직접 밝힌 바대로, 『백년의 고독』의 시·공간적 배경과 등장인물, 에피소드는 그가 직·간접적으로 경험한 사실에 기초하고 있으며, 가장 비현실적인 것으로 보이는 것조차도 그를 둘러싸고 있는 현실을 시적 수단을 동원해 변형시킨 것일 뿐이다. 가르시아 마르께스는 "좋은 소설이란 두 가지 조건, 즉, 사실을 시적으로 변형시키는 것과 세계를 구성하는 암호들을 풀어내 알리는 것을 동시에 만족시켜야 한다"고 말한다.

라틴아메리카의 일상적인 삶의 범주는 지구상의 다른 지역과 여러모로 다르다는 특수성을 인정하지 않을 수 없다. 어찌 보면 라틴아메리카는 '비이성과 비합리가 지배하는 무의식의 세계'가 아니라, '환상적·마술적' 속성이 일상생활을 지배하는 세계일 수도 있다. 이처럼 말로 제대로 표현할 수조차 없는 현실이 문제다. 다시 말하면, 엄연히 존재하는 자신의 현실을 타인으로 하여금 믿게 만드는 것이 가장 어려운 문제라는 것이다.

러시아 형식주의자들이 말하는 '사실적 동기화realistic motivation'에 따르면, 모티프들은 '개연적인probable' 배열을 통해 '실물과 똑같음lifelikeness'의 상태를 재현함으로써 모든 묘사가 '사실적인

realistic' 느낌, 즉 독자로 하여금 '실제 일어날 수 있는 일이라고 느끼게 만드는 환상'을 주어야 하기 때문이다. 소설은 허구이지만, 실제 인간의 삶이나 상상을 통해 유추될 수 있고 이해될 수 있다고 전제되어야 한다. 소설의 생명이라고 할 수 있는 '리얼리티'는 작가의 체험을 바탕으로 소설의 구성이나 배경, 등장인물 등 다른 요소들을 통해, 보다 실감 나게 구현된다. 따지고 보면, 상상력이라는 것도 예술가들이 자신의 현실을 문학적 현실로 변형시키는 특별한 능력이며, 이런 현실만이 유용한 예술적 창조일 수 있다는 것이다. 따라서 소설이라는 장르는 작가가 처한 시대적 현실을 모태로 해야 하고, 이런 범주를 '완벽하게' 벗어난 작품은 이론상 존재하지도 않는다.

이 글에서는 '마술적 사실주의 소설' 『백년의 고독』이 현실 세계에 대한 은유적 해석, 시적 변형이라는 점을 '사실적'으로 밝힐 것이다. 더 구체적으로 말해, 사실적 · 역사적 공간을 바탕으로 창조된 마꼰도를 터전 삼아 살다가 6대에 이르러 이 지구상에서 영원히 사라져 버린 한 가문(집)의 구성원과 주변 인물들, 그리고 그들의 삶이 실제 세계와 어떻게 연계되어 있는지 살펴본다는 것이다.

2. 고독한 사람들의 마술적인 삶

다산성, 광기, 자유분방함을 특징으로 하는 라틴아메리카, 특히 카리브의 현실은 그 자체가 말로 표현할 수 없을 정도로 경이롭다. 게다가 가르시아 마르께스의 삶 또한 한 편의 '드라마틱한 소설'이라고 말할 정도로 다양하고 지난했다. 그렇기 때문에 그가 직·간접적으로 만난 사람은 그 면면이나 숫자에서 타의 추종을 불허할 것이다. 더욱이 가르시아 마르께스 특유의 자유분방한 상상력과 현실에 대한 시적 변형 능력이 그 위력을 발휘했다면, 그가 알고 있던 인간 군상을 기반으로 새롭게 만들어 낼 수 있는 인간의 형태는 다양하기 이를 데 없으리라는 추측이 가능하다. 『백년의 고독』은 인물들의 백화점, 존재 방식의 박물관 같다는 느낌이 들 정도다.

한마디로 말해, 『백년의 고독』은 고독한 성품을 천형처럼 지니고 태어나 빠져나올 수 없는 고독 속에서 살다 죽어 가는 무수한 남자들과 그들로 인해 고독해질 수밖에 없는 여자들의 삶이 씨줄 날줄을 이루고 있다. 따라서 『백년의 고독』은 여느 소설들과는 달리 '고독'이라는 삶의 조건 안에서 서로 얽히고설켜 있는 인물들의 삶에 초점이 맞추어져 있다고 해도 과언이 아니다.

1) 남자들: 육체적·쾌락적 삶과 정신적·역사적 삶

조상들이 노동과 미풍양속을 통해 일대에서 가장 살기 좋은 마을로 만들어 놓은 오래된 촌락에서 함께 자란 사촌 남매 호세 아르까디오 부엔디아와 우르술라 이구아란의 결혼으로 이루어진 가문의 역사 초기에서 가장 중요한 인물은 뭐니 뭐니 해도 위 두 사람일 것이다.

마꼰도는 설립자 호세 아르까디오 부엔디아의 이상이 고스란히 반영되어 건설된, 평화와 원시가 공존하는 고립된 지역으로, 그리스 신화의 이상향 '아르카디아Arcadia'와 닮았다. '호세José'는 마리아의 남편이자 예수의 '아버지' 요셉의 에스파냐어 이름이다. 또한 이상향을 의미하는 '아르까디아Arcadia'의 남성형이 아르까디오Arcadio이기 때문에 아르까디오가 건설한 이상향 마꼰도는 아르까디오적的일 수밖에 없다. 더 나아가 '아르까디아'에 '좋은 날'을 의미하는 '부엔디아Buen día'가 첨가되어 복합명사가 됨으로써, '좋은 날이 지속되는 이상향'이라는 의미를 갖게 된다. 이름 자체가 마꼰도 설립 시 염원하던 바를 유감없이 드러내고 있는 셈이다.

주목할 만한 사실은, 호세 아르까디오 부엔디아에게는 가르시아 마르께스의 외할아버지의 이미지가 투영되어 있다는 것이다. 바란까스에 살던 외할아버지 니꼴라스 리까르도 마르께스 메히아 대령이 1909년에 그 마을 중앙광장에서 같은 당원이고 전우였던 메다르도 빠체꼬와 다툰 뒤 어느 골목길에서 그를 살해함으로써 가족을 이끌고 마을을 떠나 아라까따까로 이주하게 되는 사건과, 우르술라와 근친혼을 맺은 호세 아르까디오 부엔디아가 돼지 꼬리가 달린 아이를 출산하게 되면 가문의 불행한 종말이 도래할까 두려워하는 우르술라 때문에 부부 관계를 하지 못한다며 모욕을 준 쁘루덴시오와 결투를 벌여 그를 살해함으로써 그동안 살던 마을을 떠나 마꼰도라는 마을을 세우게 되는 것은 매우 유사한 과정이라고 볼 수 있다. 또한, 가르시아 마르께스의 뇌리에는 나이로 보나 권위로 보나 외할아버지가 호세 아르까디오 부엔디아처럼 일가一家의 시조로 인식되었을 가능성도 있다. 아무튼, 부엔디아 성을 가진 한 인물(아우렐리아노 부엔디아)과 외할아버지 사이에 존재하는 유사성은 가르시아 마르께스가 외갓집과 자기 가족사를 바탕으로 쓰려고 했지만 결국 쓰지 못한 소설 '집'에 대한 회고를 통해서도 이를 충분히 짐작할 수 있다.

> 그때, 그는 내가 지닌 계획과는 아무런 연관이 없는 상태였지만, 그 전쟁에 참여했던 역전의 용사에 관해 자기 아버지가 쓴 팸플릿 하나를 내게 주었는데, 겉표지에 실린, 리낄리께를 입고 수염이 먼지에 찌들어 있는 용사의 사진은 어떤 면에서 내 외할아버지를 생각나게 했다. 용사의 이름을 잊었으나 그의 성은 영원히 나와 함께 남았다. 부엔디아.
>
> —『이야기하기 위해 살다』

『백년의 고독』의 인물들에게는 남자의 경우 대부분 마꼰도라는 공간을 지배하는 순환적 법칙에 따라 동일한 이름을 반복해서 붙인다. 물론, 가르시아 마르께스 자신도 그렇게 하는 것이 혼동을 유발할 수 있다고 밝히고, 어떤 판본에는 상세한 가계도가 첨부되어 있기도 하다.

서로 지극히 닮은 것처럼 보이면서도 아주 대조적인 존재 이유를 지닌 두 인물군 가운데 하나는 '아르까디오'라는 이름을,

다른 하나는 라틴어의 'aurum황금'에서 유래한 '아우렐리아노 Aureliano'라는 이름을 지니고 있다. '아르까디오'라는 이름을 지닌 남자들은 육체적 쾌락과 모험을 즐기는 타입이고, '아우렐리아노'라는 이름을 지닌 남자들은 숭고하지만 이루지 못하는 이상을 실현하기 위해 내성적인 삶을 살아간다. 그들이 지닌 공통점은 모두 피할 수 없는 고독 속에서 비극적인 결말을 맞는다는 것이다. 『백년의 고독』에는 모두 4명의 '호세 아르까디오 부엔디아'와 3명의 '아우렐리아노 부엔디아'가 등장하는데, 아우렐리아노 부엔디아 대령이 '천일 전쟁'에서 전장을 누비며 각 지역의 각기 다른 여자와 관계해 얻은 아들 열일곱 명까지 포함하면 아우렐리아노의 숫자는 훨씬 더 늘어난다. 물론, 이 열일곱 명의 아들은 모두 고독한 성품을 지니고 비극적인 종말을 맞이했다는 공통점 말고는 '아우렐리아노적 특성'을 비교적 덜 갖고 있다.

『백년의 고독』에서 핵심 인물 가운데 하나인 아우렐리아노 부엔디아 대령의 모델이 되는 실제 인물은 제법 많다. 흔히들 1899년 콜롬비아 보수 정권에 대항해 반란을 일으킨 자유파 지도자 라파엘 우리베 우리베 장군이라고 제한시켜 생각하는 경향이 있고, 이런 견해는 상당히 보편적인 것으로 받아들여지고 있다. 아우렐리아노 부엔디아 대령이 우리베 장군의 빼빼 마른 외양뿐만 아니라 엄격한 성격까지 닮아 일견 이론의 여지가 없어 보인다. 우리베 장군은 가끔씩 외할아버지를 찾아와 외갓집 식구들과 식사를 했는데, 그는 식사량이 '새 모이만큼' 적었지만 존경스러울 정도로 멋지고 통이 컸다. 그런데도, 가르시아 마르께스가 밝힌 사실을 기반으로 유추해 보면, 아우렐리아노 부엔디아 대령에게는 실제 '천일 전쟁'에 참가해 대령으로 은퇴한 외할아버지의 이미지가 중첩되어 있다는 사실을 알 수 있다. 또한 자유파 지도자 벤하민 에레라 장군의 이미지도 아우렐리아노 부엔디아 대령에게 상당 부분 투영되었을 것이다. 천일 전쟁에서 패전의 결과를 담담하게 받아들이는 그의 위엄은 『백년의 고독』에서 아우렐리아노 부엔디아 대령의 태도와 흡사하다. 두 인물은 불의를 참지 못한다는 점에서도 아주 비슷하다. 그들은 콜롬비아의 국론을 분열시키고 종국에는 유나이티드 프루트 컴퍼니에게 모든 권한을 양도한 것이 자유보수파 연합 과두 지배 체제라고 확신하고 체제에 저항했던 인물들이다. 이 밖에도 아우렐리아노 부엔디아 대령의 이미지에는 벤하민 에레라 장군의 부대에서 활약하고, 태평양 지역과 파나마 지역에서 용맹성으로 이름을 떨친 전설적인 군인 라몬 부엔디아 대령과 대서양 지역의 우리베 우리베 장군 부대에서 활약한 아우렐리아노 나우딘 대령의 이미지가 들어 있다는 설도 있다.

외할아버지와 아우렐리아노 부엔디아 대령의 유사성은 둘 다 금속 세공이라는 유폐적인 작업을 통해 자신들만의 고독을 이겨 내려고 했다는 점에서도 잘 드러난다. 물론, 가르시아 마르께스의 외할아버지가 바란까스의 작업실에 틀어박힌 이유와 아우렐리아노 부엔디아 대령이 마꼰도에서 그렇게 한 이유는 다르다. 당신의 아버지로부터 황금 물고기 만드는 기술을 배운 외할아버지가 고독한 심사를 달래기 위해 또는 가끔씩 내다 팔기 위해 황금 물고기를 비롯해 반지, 귀걸이, 팔찌, 시곗줄 같은 것을 만들었다면, 아우렐리아노 부엔디아 대령은 고독을 이기기 위해, 혹은 실패한 이상과 삶에 대한 분노를 삭이기 위해, 아니 더 나아가서는 아우렐리아노라는 이름을 갖게 될 남자 후손들의 독특한 존재 방식을 설정하려고 그런 작업을 한 것이다. 즉, 가르시아 마르께스가 외할아버지의 '특이한 작업'에 부엔디아 가문 대대로 이어지는 '고독'이라는 색깔을 입혀 문학적으로 형상화했다는 것이다. 아우렐리아노 부엔디아 대령이 죽은 뒤 최종적으로 남은 황금 물고기 열일곱 개는 대령이 전장에서 각기 다른 여자로부터 얻은 열일곱 아들을 상징하는데, 이들 황금 물고기는 나중에 아우렐리아노가 까딸루냐 출신 학자의 책방에서 『산스크리트어 첫걸음』을 비롯한 책을 사는 데 사용되고, 그런 책들을 통해 결국은 부엔디아 가문의 생성과 멸망의 비밀을 적어 놓은 멜키아데스의 글을 해석하는 토대가 마련된다.

아우렐리아노 부엔디아 대령의 열일곱 아들의 삶과 죽음을 접한 독자들은 조금 과도하다는 느낌을 갖게 된다. 그러나 이 또한 가르시아 마르께스가 유년 시절 외갓집에서 겪은 실제 사건을 기반으로 변형한 것이다. 실제로 일어난 일이 어떤 식으로 『백년의 고독』에 형상화되어 있는지 생생하게 살펴보기 위해 자서전을 비교적 길게 인용하겠다. 한 가지 눈여겨보아야 할 점은, 두 텍스트의 내·외적 구조가 너무 유사해서 어떤 것이 먼저 쓰인 것인지 혼란스럽기까지 하다는 것이다. 『백년의 고독』(1967)이 자서전 『이야기하기 위해 살다』(2002)보다 훨씬 먼저 출간되었다는 점은 명백한데, 혹시 가르시아 마르께스가

『백년의 고독』을 쓰기 위해 착상한 것을 외갓집에서 실제로 겪은 사건이라고 착각하지 않았나 하는 생각이 들 정도다.

그 몇 해 동안 내가 보았던 아주 환상적인 사건들 가운데, 어느 날 제복을 입고, 각반을 차고, 박차 달린 기병용 신발을 신고, 모두 이마에 재灰의 십자가를 그린 한 무리의 엇비슷한 남자들이 집을 찾아왔던 것을 생생하게 기억하고 있다. 그들은 천일 전쟁에 참가한 대령이 '쁘로빈시아' 전역에 걸쳐 씨를 뿌려 놓은 자식들로, 대령의 생일이 지난 지 1개월이 넘은 때에 생일을 축하하려고 자신들이 살던 마을에서 외갓집에 도착했다. 그들이 외갓집으로 떠나기 전 재의 수요일 미사에 참석했을 때 안가리따 신부가 이마에 그려 준 십자가는 초자연적인 상징처럼 보였는데, 그 신비감은 내가 성주간의 전례에 익숙해진 이후로도 몇 년 동안 내 뇌리에서 떠나지 않았다.
그들 대부분은 외조부모가 결혼한 뒤 태어났다. 외할머니 미나는 그들이 태어났다는 소식을 들었을 때부터 그들의 이름과 성을 수첩에 적었고, 쉽지 않은 관용을 내보이면서 그들을 기꺼이 가족의 일원으로 받아들였다. 하지만 그토록 요란스럽고 시끌벅적하게 외갓집에 찾아와 각자 자기만의 독특한 존재 방식을 보여 주기 전에는 그들을 구분하는 것은 그녀에게도, 그 누구에게도, 쉬운 일이 아니었다. 그들은 진지하고, 근면하고, 가정적이고, 평화를 사랑하는 남자들이었는데도, 밤에 홍청망청 마시고 노는 파티가 절정에 달할 때면 꼭지가 돌아 버리는 것을 두려워하지 않았다. 그릇을 깨고, 달아나는 송아지를 잡아 보자기에 던지는 놀이를 하느라 장미나무를 짓뭉개 놓고, 닭죽을 쑤어 먹으려고 암탉들에게 총을 쏘아 죽이고, 통통하게 살진 돼지를 복도에 풀어 놓아 자수틀을 넘어뜨렸으나, 그들이 행복의 돌풍을 일으켰기 때문에 그 누구도 그런 불상사를 애석하게 생각하지 않았다.

—『이야기하기 위해 살다』

문의 빗장을 벗겨 낸 아우렐리아노 부엔디아 대령은 문에서 각양각색의 생김새와 피부 색깔을 지닌 다양한 모습의 사내 열일곱 명이 밖에 있는 것을 보았는데, 그들은 이 세상 어디에 있어도 누구인지를 알아볼 수 있을 정도로 고독한 분위기를 지니고 있었다. 아우렐리아노 부엔디아 대령의 아들들이었다. 미리 약속을 하지도 않았고, 서로 모르는 사이였지만, 기념 축제에 대한 떠들

썩한 소문에 이끌려 해안 지방의 가장 멀리 떨어진 구석으로부터 그곳으로 왔던 것이다. 모두 아우렐리아노라는 이름을 자랑스럽게 지니고 있었고, 성은 각자 어머니 것을 따르고 있었다. 그들은 사흘 동안 머무르면서 집을 전쟁터처럼 혼란스럽게 만들어 버렸는데, 그것은 우르술라에게는 기쁨이었고, 페르난다에게는 난장판이었다. …

그들은 접시들의 반을 산산조각 내 버렸고, 황소 한 마리를 붙들어 매기 위해 뒤쫓아 다니느라 장미밭을 엉망으로 짓밟았으며, 총을 쏘아 암탉들을 죽였고, 아마란따에게 삐에뜨로 끄레스삐에게서 배운 슬픈 왈츠를 추도록 강요했으며, 미녀 레메디오스에게 남자 바지를 입혀서 장대를 기어오르게 했고, 식당에 기름을 잔뜩 바른 돼지 한 마리를 풀어놓아 페르난다가 엉덩방아를 찧게 했으나, 집이 건강한 활기로 뒤흔들렸기 때문에 그 누구도 그런 손해에 대해 애석하게 생각하지 않았다.

—『백년의 고독』

물론 자서전과 『백년의 고독』을 비교해 보면, 가르시아 마르께스의 외할아버지와 아우렐리아노 부엔디아 대령이 '바깥 자식'을 둔 배경과 이유, 자식들의 수가 각각 다르고 그들의 삶과 죽음의 과정 또한 차이를 드러낸다. 외할아버지의 자식들은 그리 고독하지 않게 그런대로 잘 살아간 반면에, 『백년의 고독』에서 아우렐리아노 부엔디아 대령의 아들 열일곱 명은 이마에 그려진 재의 십자가의 중심을 겨냥했던 보이지 않는 범죄자들에 의해 해안 지방의 각기 다른 지역에서 각기 다른 방법에 의해 "토끼처럼" 사냥당함으로써 비극적인 종말을 맞이한다.

이 외에도 다양한 남성 인물이 부엔디아 가문을 구성하고 있지만, 이들은 가르시아 마르께스의 직·간접적인 경험을 토대로 태어난 인물들이라기보다는, 마꼰도라는 공간과 부엔디아 가문의 6대에 걸친 삶이라는 시간 속에서 숙명적인 고독에 파묻힌 채 각자 특징적인 모습으로 존재할 수 있도록, 시적 변형을 통해 탄생되었다고 볼 수 있다.

2) 여자들: 고독한 다양성의 상징

부엔디아 가문의 남성 인물들은 거의가 몇 가지 전형적인 성격적 범주 안에 속해 있는 데 반해 여성 인물들은 매우 다양하고 복잡한 양상을 띤다. 남성 인물들의 이름(아르까디오와 아우렐리아노)보다 훨씬 다양하게 나타나는 여성 인물들의 이름은 이를 단적으로 보여 주는데, 그들은 모두 이름만큼이나 다양한 삶을 구가한다. 아마도 대다수 여성 인물이 부엔디아 가문 출신이 아니라는 점이 어느 정도 작용하지 않았나 싶다.

부엔디아 가문에서 중심 역할을 하는 우르술라 이구아란은 여성 인물들 가운데 가장 두드러진다. 그녀의 성姓에는 소설의 결말, 즉 '근친상간의 결과 돼지 꼬리 달린 자손이 태어남과 동시에 가문이 멸망한다'는 무시무시한 예언의 전조가 함축되어 있다. 수백 년 동안 피를 섞어 온 양쪽 집안에서 태어난 가장 건강한 젊은 남녀가 결혼해 이구아나를 낳는 수치를 당하지 않을까 하는 우려 때문에 양가 가족은 호세 아르까디오 부엔디아와 근친인 우르술라 이구아란의 결혼을 반대하고, 그 때문에 우르술라는 결혼한 뒤에도 남편과의 합궁을 거부하는데, 우르술라의 성 '이구아란Iguarán'과 동물 '이구아나iguana' 사이에 개입되어 있는 언어적 유희가 그것을 증명한다.

앞서 언급했다시피, 우르술라라는 인물에는 남편이 전쟁에 참가해 얻은 '바깥 자식'의 방문을 받아들이는 외할머니의 이미지와 작은 동물 모양의 캐러멜을 만들어 파는 외할머니의 이미지가 겹겹이 중첩되어 있다.

> 그 두 침실 앞에는 같은 복도를 사이에 두고, 불에 그슬려 시꺼멓게 변한 원시적인 이동용 돌화로들, 빵과 과자를 만들어 파는 외할머니의 커다란 화덕이 있는 거대한 주방이 있었는데, 새벽녘이면 작은 동물 모양의 캐러멜이 풍기는 구수한 냄새가 집 안에 진동했다.
>
> —『이야기하기 위해 살다』

> 우르술라가 전망 좋은, 작은 동물 모양의 캐러멜 장사에 정신이 팔려 있는 사이 ….
>
> —『백년의 고독』

작은 동물 모양의 캐러멜을 만들어 판다는 것은 남편이 경제적으로 무능하거나 온갖 모험을 추구하는 '사고뭉치'여서 가정의 경제적 부침이 심할 때 가정 경제를 일으켜 세우고자 하는 생활력 강한 여성이라면 흔히 생각해 볼 수 있는 문제다. 가르시아 마르께스의 외할머니는 빵 공장에서 만든 작은 동물 모양의 캐러멜과 알록달록한 암탉, 오리 알, 뒷마당에서 키운 채소를 동네 사람들에게 팔아 가족을 부양했는데,『백년의 고독』

의 우르술라는 불굴의 생활력을 발휘해 작은 동물 모양의 캐러멜 장사를 함으로써 집안을 일으켜 세운다. 물론, 우르술라의 행위는 경제적인 이유 때문만이 아니라 고독과 근친상간, 그로 인한 가문의 멸망에 대한 불안감을 이기기 위한 것이었을 수도 있다.

외갓집의 빼뜨라 할머니 또한 우르술라의 이미지를 보강하고 풍요롭게 만드는 데 일조한다.

나는 그녀가 두 눈으로 직접 보는 듯 지팡이에도 의지하지 않은 채 천천히, 하지만 주저 없이, 걷고, 각기 다른 냄새만을 통해 자신이 가고자 하는 곳으로 방향을 잡아 가던 모습을 지금도 기억하고 있다. 자기 방은 옆에 있는 귀금속 세공실에서 나는 염산 증기를 통해 찾아가고, 복도는 마당의 재스민 향기를 통해, 외조부모의 침실은 두 사람이 잠들기 전에 몸을 문지르기 위해 사용하던 나무 알코올 냄새를 통해, 마마 이모의 방은 제단 등불의 기름 냄새를 통해, 그리고 복도 끝은 부엌에서 나는 맛있는 냄새를 통해 찾아갔다. 늘씬한 미인에 조용한 여자로, 피부는 시든 백합 같고, 직접 다듬고 간수하던 윤기 넘치는 자개색 머리카락이 허리

까지 찰랑거렸다. 사춘기 소녀처럼 투명한 초록색 눈동자는 기
분 상태에 따라 색이 변했다. —『이야기하기 위해 살다』

이렇게 노년에 이르러 시력을 잃은 한 노파의 생존 방식이 『백년의 고독』에서는 아슬아슬하게 유지되는 한 가정을 지켜 내려는 우르술라의 육체적인 노쇠까지도 이겨 내는 강인함과 지혜를 더욱 돋보이게 하는 기재로 사용되었다. 그런데 한 가지 흥미로운 점은, 가르시아 마르께스가 뻬뜨라 할머니에 관해 이토록 생생하게 기억하는 바가 사실이 아니라는 것이다. 가르시아 마르께스가 고등학교 시절 방학을 맞이해 그런 기억들을 어머니에게 말했을 때 어머니는 그의 말을 듣자마자 그 기억이 틀렸다는 사실을 인지시키려 애썼는데, 사실 어머니의 말은 완전히 옳았고, 가르시아 마르께스 자신도 어머니의 말이 옳다는 것을 단 한 점의 의혹도 없이 확인할 수 있었다. 실제로 뻬뜨라 할머니는 가르시아 마르께스가 채 두 살도 되기 전에 사망했던 것이다. 한 작가의 기억 속에는 실제와 상상력이 이렇게 혼란스럽게 공존할 수 있다는 가능성을 엿보게 하는 대목이다.

숙명적인 연적이었지만 결국은 남자 없이 유폐적인 삶을 살

아가는 비운의 과부와 처녀라는 점에서 닮은꼴인 레베까와 아마란따도 있다. 특히 흙과 석회를 먹는 습관을 지닌 레베까는 가르시아 마르께스의 여동생 마르곳의 또 다른 모습이다.

> 마르곳은 대수롭지 않게 음식을 거부했으며, 가끔은 음식을 집안 구석구석에 던져 버렸다. 마르곳이 축축한 정원 흙과 손톱으로 벽에서 뜯어낸 석회 조각을 좋아한다는 사실을 알게 되기까지 사람들은 마르곳이 음식을 먹지 않고서도 살아 있는 이유를 전혀 이해하지 못했다. 그 사실을 알게 된 외할머니는 정원 흙 가운데 가장 맛있어 보이는 부분에 암소 쓸개를 놓고, 화분들 속에 매운 마늘을 숨겨 두었다. —『이야기하기 위해 살다』

일부 동물은 흙을 먹기도 하고, 드물긴 하지만 사람이 흙을 먹은 경우도 역사적으로 충분히 고증할 수 있는 사실이다. 그런데 여기서 중요한 것은 어린 소녀들의 심리적 상흔, 즉 고독이 이런 식으로 발현되었다는 점이다. 아무튼, 가르시아 마르께스의 외할머니는 정원 흙 가운데 가장 맛있어 보이는 부분에 암소 쓸개를 놓고, 화분들 속에 매운 마늘을 숨겨 두었고, 우르술라는 흙에 소 담즙을 뿌리고, 벽에 고추를 짓이겨 발랐다. 물론, 실제 인물 마르곳과 소설 속의 레베까에게 공히 대황大黃을 처방함으로써 결국 그 악습을 고칠 수 있었다.

가르시아 마르께스의 외갓집에서 자신의 수의를 만들던 프란시스까 고모할머니의 모습은 『백년의 고독』에서 레베까의 수의와 자기 수의를 직접 만든 아마란따의 이미지와 거의 그대로 일치한다.

> 프란시스까 고모할머니는 계속해서 예의 그 특이한 자신감을 유지하고 구구절절 이치에 맞는 경구들을 거침없이 내뱉고 있었는데, 신이 당신의 뜻에 따라 자기를 불렀을 것이라는 이유로 그동안 맡고 있던 공동묘지 열쇠와 성체 공장 열쇠의 양도를 거부했다. 어느 날, 그녀는 티 없이 깨끗한 침대 시트 여러 장을 들고 방문턱에 앉아 침대 시트로 자기 몸에 맞는 수의를 짓기 시작했는데, 어찌나 정성을 들여 예쁘게 만들었던지 죽음은 그녀가 수의 짓는 일을 다 끝마칠 때까지 2주 동안이나 그녀를 기다려 주었다. 수의가 완성되던 날 밤 그녀는 병이 나지도 않고 그 어떤 고통도 느끼지 않았으며 그 누구에게도 작별인사를 하지 않은 채

잠자리에 들어 아주 건강한 상태에서 죽음에 이르렀다.

—『이야기하기 위해 살다』

프란시스까 고모할머니가 침대 시트로 자신만의 수의를 만들었다면, 아마란따는 자신의 수의뿐만 아니라 자기 때문에 사랑을 이루지 못한 레베까의 수의까지 만드는 것으로 변형되어 있다. 표층적으로 보면 작가가 아마란따로 하여금 자신의 삶을 최대한 연장하기 위해 일부러 아마 원사를 사서 천을 짜고 자수를 놓고, 수의를 만드는 데 4년이 훨씬 더 넘는 시간을 소비하도록 설정해 놓았으나, 이는 죽음을 맞이하는 아마란따의 모습을 더욱더 처연하게 만들 뿐만 아니라 그녀가 지닌 고독의 층위를 그만큼 깊고 넓게 설정하고, 그 고독을 벗어나기 위한 몸부림을 더욱더 비극적으로 보여 주기 위한 장치라고 볼 수 있다.

이렇듯, 『백년의 고독』의 호세 아르까디오가 "파이처럼 균열 있는 딱딱한 재료"로 만들어진 것처럼 보이는 양피지에 자신의 수수께끼 같은 문장들을 갈겨쓴 것이나, 아우렐리아노 부엔디아 대령이 작은 황금 물고기들을 만든 것, 아우렐리아노 세군도가 집안의 온갖 물건을 다시 분해하기 위해 새로 만든 것과 아마란따가 수의를 만들고, 우르술라가 추억들을 되새긴 것은 고독이 마꼰도에서 살아가는 모든 사람을 휘감고 있다는 것을 의미한다.

그 밖에도 가르시아 마르께스가 살아오면서 직·간접적으로 만났을 법한 여성 인물들, 그런 인물들을 바탕 삼아 시적으로 변형시켰을 법한 여러 유형의 여성 인물들이 등장한다.

우선 호세 아르까디오와 아우렐리아노 부엔디아 형제의 공동 섹스 파트너가 됨으로써 고독에 파묻혀 있는 두 사내에게 동시에 질투와 위안을 주는 삘라르 떼르네라가 있다. '떼르네라ternera'는 암송아지를 가리키는데, 여기서 우리는 '떼르네라'와 '떼르누라ternura(부드러움, 상냥함, 다정함)' 사이의 언어적 유희에 주목할 필요가 있다. 평생 고독과 침묵 속에서 모든 일을 감내한 산따 소피아 델 라 삐에닷도 있다. '삐에닷Piedad'이 '자비'를 의미하기 때문에 '산따 소피아 델 라 삐에닷'은, '자비로운 소피아 성녀'라는 이미지를 드러낸다. 지상의 세계와는 어울리지 않는 타고난 미모와 백치 같은 천진함으로 여러 남자를 죽음으로 몰고 간 끝에 결국 침대 시트를 붙잡은 채 승천한 '미녀 레메디오스Remedios'도 있는데, '레메디오스'는 다른 사람의 이익이나 공동선을 위해 도움을 주는 여성, 예술적 창의성이 뛰어난 여성을 상징한다. 뻬뜨라 꼬떼스Petra Cotes는 가축의 출산력을 무한히 증대시키고 자연까지 흥분시킬 수 있는 천부적인 섹스 능력을 지닌 여자로 묘사되어 있다. 그런데, 가르시아 마르께스의 다른 소설 『아무도 대령에게 편지하지 않다』(1961)에서는 뻬뜨라 꼬떼스가 "침대에서는 게으르고, 사랑의 기교를 전혀 갖추지 못한 진부한 여자"로 등장한다. 물론 뻬뜨라가 '돌, 바위'를 의미하기 때문에, '목석같은 여자'라는 이미지를 가질 수 있다. 이 밖에도 귀족의 후예라는 허영심을 벗어던지지 못한 채 평생 위선적인 삶을 살아간 며느리 페르난다, 어머니가 지닌 허영심의 희생양이 되어 아들 아우렐리아노를 남긴 채 수녀원과 음침한 병원에서 생을 마감하는 메메, 그리고 현대 교육을 받아 활동적이고 도발적인 성격의 미인으로, 조카와 근친상간에 이르러 결국 부엔디아 가문의 종말을 뜻하는 돼지 꼬리가 달린 아들을 낳다가 죽는 아마란따 우르술라 등이 있다.

이렇듯, 각자의 이름만큼이나 독특한 개성들을 가지고 있는 여성 인물들은 남자라고 하는 씨가 싹을 틔우고 자랄 수 있도록 해 주는 밭이며, 이 소설에 생명력을 불어넣어 주는 존재들이다. 이들은 고독한 현실에서 환상과 모험만을 추구하는 남성 인물들과 함께 살면서 그런 삶이 '풍요로워지게', '더욱더 고독해지게' 만드는 고독하고 기름진 토양으로 기능한다.

3) 실제적이거나 허구적인 사람들

부엔디아 가문 밖에는 실제적(역사적)이거나 허구적인 인물들이 많이 등장한다. 가르시아 마르께스 자신을 포함해 평생을 함께 살아간 가족들, 그리고 '바란끼야 그룹' 멤버들도 예외가 아니다. 이 모임에는 기자인 알폰소 푸엔마요르와 헤르만 바르가스, 기자이면서 소설가인 알바로 세뻬다 사무디오, 화가인 알레한드로 오브레곤, 지식인인 호세 펠릭스 푸엔마요르와 라몬 비녜스가 참여했다. 이 재기발랄하고 열정적인 젊은이들은 금요일 밤 서점에서 시작해 월요일 아침 사창가에서 끝나는 문학·예술 토론을 통해 예술혼을 일깨워 가면서 바란끼야라는 도시의 문화적 삶을 일정 부분 선도했다. 그 가운데 대표적인 인물이 바로 까딸루냐 출신의 전설적인 극작가이자 서점 주인인 돈 라몬 비녜스다. 『백년의 고독』에서 '까딸루냐의 현자'로 등장하는 그는 '바란끼야 그룹' 멤버들에게 예술과 미美, 문학에 관해 탁월한 지도를 해 줌으로써 가르시아 마르께스가 훌륭한 작가가 되는 데 커다란 영향력을 발휘한 뒤 1950년 4월 바르셀로나로 돌아갔다. 그와 가르시아 마르께스 일행 사이에 일어났던 일화, 그의 출국, 그 뒤까지 이어지는 편지 교환 등의 과정은 『백년의 고독』에 거의 그대로 이용되었다. 그 가운데 일부만 살펴보자.

> 나는 평생 그 도시에, 그리고 국내 언론계와 지식인계에 바란끼야 그룹 멤버로 알려지기 시작하던 여섯 친구에게 그때처럼 그렇게 흠뻑 빠진 적이 없었다. 그 멤버들은 1924년부터 에스빠사 백과사전에 수록된 까딸루냐 출신의 전설적인 극작가이자 서점 주인인 돈 라몬 비녜스의 지도를 받아 가며 그 도시의 문화적 삶을 일정 부분 선도하던 젊은 작가들이나 예술가들이었다.
>
> —『이야기하기 위해 살다』

무질서한 생활이었음에도 불구하고, 까딸루냐 출신 학자의 권고에 따라 그들 모두는 뭔가 영속적인 일을 하려고 노력했다. 고전

> 문학 교수를 지낸 과거 경험과 희귀 도서들이 있는 서고와 더불어, 이제 그 누구도 초등학교 이상 진학하려는 관심이나 가능성을 갖고 있지 않은 마을에서 그들로 하여금 서른일곱 번째 연극적인 상황을 찾으면서 온밤을 지새게 만든 사람은 까딸루냐 출신 학자였다.
>
> —『백년의 고독』

가르시아 마르께스는 한 도시의 열정적인 젊은이들에게 예술과 문학을 가르치고 책을 팔면서 문화적 역량을 과시하던 실제 인물 라몬 비녜스로 하여금 『백년의 고독』에서 돼지 꼬리 달린 아이의 아버지 아우렐리아노에게 멜키아데스의 헌사를 풀 수 있는 열쇠를 제공하도록 해 놓았다.

당시 바란끼야 그룹 멤버들의 야간 술집 순례는 술, 음악, 춤, 여자를 추구하던 젊은 사내들의 기행奇行이었을 뿐만 아니라, 문학적·예술적 열정을 실은 대화들이 난무하는 하나의 문학적 순례로, 그 과정은 『백년의 고독』에 거의 고스란히 반영되어 있다. 『백년의 고독』에 유난히 많이 등장하는 성性 관련 에피소드들에는 가르시아 마르께스의 성에 관한 독특하고 솔직 담백하기까지 한 관념이 다양하게 작용하지 않았나 하는 생각이 들

정도다.

우리가 영감에 따라 행동하고, 가끔은 월요일 아침 식사까지 이어지던 금요일 밤들을 제외하면 우리의 일상적인 삶은 거의 항상 예측이 가능했다. 숨어 있던 관심사가 우리 네 사람을 덮치는 경우, 우리는 언제 어디서 끝날지도 모르는 무절제한 문학적 순례를 시작해 버렸다. 순례는 방탕한 공무원들과 그들보다 덜 무절제한 공무원들 외에도 동네 수공업자들, 자동차 정비공장 기술자들이 모이는 술집 '제3의 사나이'에서부터 시작되었다.

—『이야기하기 위해 살다』

아우렐리아노는 매일 오후, 일생에 처음이자 마지막 친구가 된 네 토론자와 계속해서 모였는데, 그들 이름은 각각 알바로, 헤르만, 알폰소, 가브리엘이었다. 책 속의 현실에 들어박혀 있던 그와 같은 남자에게 오후 여섯 시에 책 가게에서 시작되어 동틀 무렵 사창가에서 끝나던 그 시끌벅적한 모임은 하나의 계시였다. 진탕 마시고 놀던 날 밤 알바로가 피력했다시피, 문학은 인간을 조롱하기 위해 만들어진 가장 좋은 장난감이라는 생각을 그 당시까지는 전혀 해 본 적이 없었다. —『백년의 고독』

네 명의 친구 알바로 세뻬다 사무디오, 헤르만 바르가스, 알폰소 푸엔마요르, 그리고 가브리엘 가르시아 마르께스는 서로 간에 공통점이 너무 많아 사람들은 마치 형제 같다고 비아냥거렸으나, 그들은 서로 현저하게 차이가 났다. 그들 각자가 지닌 독립성과 거부할 수 없는 직업적 재능, 자신의 길을 당차게 개척해 나가는 창조적 결단력, 그리고 항상 운이 따랐던 것은 아니지만 각자 자기 방식대로 문제를 해결해 내는 내성적인 성격 때문에 사람들은 그들을 썩 좋아하지 않았다고 한다. 이런 특성들은 마꼰도에서 아우렐리아노와 어울리는 등장인물 넷의 성격적 유형을 상상하는 데 어느 정도 도움이 된다.

실제로 헤르만 바르가스는 라몬 비녜스가 원래 현실적인 삶에는 전혀 관심이 없는 사람이었기 때문에 시키지도 않는데도 미리 알아서 라몬 비녜스의 경제적인 문제를 해결해 주기도 했다. 가르시아 마르께스가 보기에 헤르만은 라몬 비녜스의 좋은 비서이기도 했지만, 그보다는 좋은 아들처럼 보였는데,『백년의 고독』에서는 헤르만과 아우렐리아노가 라몬 비녜스의 뒷바라지를 하는 것으로 설정되어 있다.

언론과 당대 미국 작가들에 대한 알바로 세뻬다 사무디오의 열정은 결국 그로 하여금 1950년대 중반에 미국의 컬럼비아대학교에서 언론학 박사 학위를 취득하게 했다. 그러나 뉴욕에서의 체류는 그가 존경하는 작가들의 나라와 도시를 알기 위한 것에 불과했다. 그는 귀국하자마자 미국 영화와 메트로폴리탄의 언론에 대한 사고와 인식을 바탕으로 바란끼야 그룹에, 특히 가르시아 마르께스에게 미학적 사고에 대한 새로운 감성과 자극을 주었다. 알바로 세뻬다 사무디오의 전방위적인 활동은 특정한 것에 집중되지 않고 모든 것을 포괄하고 있었다. 그러나 죽기 3년 전부터 그의 관심은 서서히 영화 제작으로 옮겨 가기 시작해 상업적인 배급을 위한 단편영화를 제작하게 된다. 영화에 대한 그의 관심은 1954년의 『파란 바닷가재La langosta azul』 제작으로 거슬러 올라갈 정도로 오래된 것이었다. 그리고 1972년 10월 12일 뉴욕의 메모리얼 호스피털에서 백혈병으로 숨을 거둘 때까지 그가 한 작업은 모든 프로젝트를 정리하고 난 뒤에 바닷가에서 집필에만 몰두하는 것이었다. 그가 죽음으로써 바란끼야 그룹을 이끌던 대표적인 인물이 사라져 버렸다.

그의 갑작스러운 죽음은 가르시아 마르께스에게도 비통한 사건이었다. 그런데 알바로 세뻬다 사무디오의 죽음은 가르시아 마르께스에게 이미 예고된 죽음이었던 것 같다. 가르시아 마르께스는 『백년의 고독』 뒷부분에 알바로 세뻬다 사무디오를 이렇게 등장시킨다.

> 마꼰도를 떠나라는 충고를 맨 먼저 따랐던 사람은 알바로였다. 그는 집 마당에서 행인들을 놀리던 우리 속의 재규어까지 모든 것을 다 팔아 절대로 운행이 끝나지 않는 열차의 평생 탑승권을 샀다. 여행 도중 들르는 역에서 보내던 그림엽서들을 통해 그는 열차의 창을 스쳐 지나가는 이미지들을 웅변적으로 묘사했는데, 마치 무상無常을 노래한 기다란 시를 잘게 찢어 망각의 세계로 던지면서 가고 있는 듯한 느낌이었다. 그것들은 루이지애나의 목화밭에 있는 기묘한 흑인들, 켄터키의 초록색 초원에서 날듯이 달리는 말들, 애리조나의 지옥 불처럼 타오르던 석양을 받고 있는 그리스 출신 연인들, 미시간 호수 가에서 수채화를 그리다가 자신이 보고 있던 기차는 돌아오지 않는다는 사실을 몰랐기 때문에 이별이라기보다는 만날 희망을 담은 채 붓들을 휘두르며 그에

게 작별인사를 하던 빨간 스웨터를 입은 소녀에 관한 것이다.

알폰소 푸엔마요르, 헤르만 바르가스, 알바로 세뻬다 사무디오, 가브리엘 가르시아 마르께스는 『백년의 고독』에 등장하는 "네 명의 말 많은 청년"이 되어 아우렐리아노 바빌로니아와 함께 마꼰도의 마지막 시절에 마시고 떠드는 인물이 되었다. 현실에서도 그랬듯이 그들은 '까딸루냐 현자'의 문하에 있었고 소설 속에서 그랬듯이 현실에서도 서점에서 만나 이야기를 시작해 럼주와 독주를 마시며 유곽에서 헤어졌다. 낮과 밤을 바꿔 살듯이 그들은 현실 세계와 허구 세계를 자연스럽게 넘나들었다. 그들은 바란끼야라는 도시와 우정, 문학, 신문사, 라몬 비녜스라는 현자, 무질서하면서 활기찬 삶, '농담'의 진수를 매개로 의기투합해서 삶을 즐기고 문화를 선도했다.

1957년 콜롬비아로 돌아온 가르시아 마르께스는 과거 수끄레에서 처음 알게 된 한 여인을 까르따헤나에서 다시 만나 사랑에 빠지는데, 그녀가 바로 약사의 딸로, 수차에 걸쳐 그의 작품에 등장하는 메르세데스(라껠) 바르차(빠라도)다. 메르세데스는 "키가 크고, 어깨까지 내려오는 갈색 머리를 지닌 미인으로,

이집트 이민자의 손녀였는데, 그 점은 튀어나온 광대뼈와 커다랗고 그윽한 갈색 눈에서 드러났다." 열세 살 때부터 가르시아 마르께스의 청혼을 받던 이 여인은 결국 가르시아 마르께스의 아내가 되어 평생의 반려자가 된다. 그때 그와 그의 친구들은 이 여인에게 '성聖스러운 악어'라는 별명을 지어 주었는데, 『백년의 고독』에서는 '나일강의 뱀처럼 신비로운 아름다움을 간직한 아가씨'로 표현된다. 메르세데스 바르차가 이집트계였기 때문에 클레오파트라의 별명인 '나일강의 뱀'을 사용한 것 같다.

『백년의 고독』에서 까딸루냐 출신 학자가 떠난 지 1년 후 마꼰도에 남은 친구는 가브리엘뿐이었다. 그는 비밀 애인 메르세데스의 약국에 아우렐리아노를 데려다 놓고 대상大賞이 파리 여행인 어느 프랑스 잡지의 퀴즈에 계속 응모해 결국 파리로 떠나게 되는데, 소설 후반부에 전개되는 파리에서의 생활 장면은 가르시아 마르께스가 실제로 파리에서 겪은 것을 토대로 한 것이다.

『백년의 고독』에는 리까노르 레이나 신부가 마술처럼 공중으로 부양하는 것에 대한 이야기가 소개되어 있다.

미사를 돕던 소년이 김이 무럭무럭 나는 걸쭉한 초콜릿 한 컵을 신부에게 갖다 주자 신부는 숨도 쉬지 않고 들이켰다. 소매에서 손수건을 꺼내 입술을 훔치더니 팔을 벌리고 눈을 감았다. 그러자 신부가 땅 위 12cm 높이로 떠올랐다. 그것은 설득력 있는 방법이었다. 그는 초콜릿의 힘을 빌려 공중부양 시범을 되풀이하면서 여러 날에 걸쳐 집집마다 찾아다녔고, 그동안 복사 소년은 자루에 엄청난 헌금을 모았으며, 한 달이 채 못 되어 성당 신축 공사를 시작했다. 호세 아르까디오 부엔디아를 제외하고는 그 누구도 공중부양이 하느님의 도움으로 가능했다는 사실을 의심하지 않았는데, 신부는 어느 날 아침 공중부양을 다시 한번 더 구경하려고 밤나무 주변에 모인 마을 사람들의 표정을 하나 바꾸지 않고 주시했다. 신부가 의자에서 몸을 조금 펴고 어깨를 움츠렸는가 싶더니 앉아 있던 의자와 함께 공중으로 떠오르기 시작했다.

그런데 마꼰도의 리까노르 레이나 신부는 실재한 가톨릭 신부를 모델로 삼은 것이다. 당시 흑인 종교인 부두교와 마녀까지 성행하기 시작한 '소돔의 도시' 아라까따까를 순화시키기 위해 명문가의 뜻있는 사람들은 산따 마르따 교구청에 신부의 파견을 요청한다. 그래서 뻬드로 에스뻬호 신부가 처음으로 아라까따까에 부임하게 된다. 『백년의 고독』에서 마꼰도에 부임해 가톨릭을 전파하는 데 온 힘을 기울였던 리까노르 레이나 신부처럼 뻬드로 에스뻬호 신부는 사람들에게 신앙심을 심어 주고 미풍양속을 장려했다. 평신도 모임을 조직하고 성전 건축 추진 위원회도 구성했다. 뻬드로 에스뻬호 신부가 아라까따까 주민들로부터 성인이라는 명성을 얻게 된 것은 헌신적인 사목 활동 때문이 아니라, 어느 날 미사를 집전하면서 기도에 깊이 빠져 있을 때 몸이 몇 센티쯤 바닥에서 떴기 때문이다. 뻬드로 에스뻬호 신부가 계속해서 소설의 모델로 등장하는 것은 그가 타락한 땅에서 처음으로 사목 활동을 했다는 점과 가르시아 마르께스의 외조부와 깊이 교류했다는 점, 후에 산따 마르따 교구장으로 헌신한 점, 특히 가르시아 마르께스의 부모가 부부로 맺어지는 데 결정적인 역할을 했다는 점 등으로 인해 가르시아 마르께스에게는 가장 모범적인 사목자의 상으로 인식된 덕분인 것 같다.

또한 가르시아 마르께스는 아마란따 우르술라로 하여금 "이름을 아우렐리아노나 호세 아르까디오라고는 절대 짓지 않고 로드리고와 곤살로라고 할 개구쟁이 아들 둘과 레메디오스라고는 절대 짓지 않고 비르히니아라고 할 딸과 더불어 늙을 때까지 살고 싶다"고 말하게 함으로써 큰아들 로드리고와 작은아들 곤살로를 『백년의 고독』에 슬쩍 끼워 넣는 재치를 발휘하기도 한다.

가르시아 마르께스는 가브리엘과 아우렐리아노의 교제에 관한 에피소드에서 가브리엘이 작가 자신의 이름이라는 사실을 눈치챘을 법한 독자들에게 아우렐리아노 부엔디아 대령의 친구인 헤리넬도 마르께스 대령이 자신의 증조부라는 사실을 여러 가지 장치를 통해 확실하게 얘기함으로써 독자들을 혼동시키고 있는 것처럼 보인다. 하지만, 이는 『백년의 고독』에 사실성을 부여하기 위한 기발한 아이디어로, 작가의 개입이 두드러진 경우라 할 수 있겠다.

아우렐리아노가, 자신이 동일한 애정과 연대감으로 네 친구와 결합되어 있다고 느끼고 마침내는 그들을 마치 한 사람인 것처럼 생각했다고는 해도, 다른 친구들보다는 유독 가브리엘과 가까웠다. 그 유대감은 그가 우연히 아우렐리아노 부엔디아 대령에 관해 이야기했을 때, 가브리엘만이 그가 다른 사람을 놀리기 위해 농담을 한다고 생각하지 않았던 그날 밤에 생겼다. 그들의 대화에 잘 참견하지 않던 여주인까지도, 언젠가 실제로 아우렐리아노 부엔디아 대령에 대해 들은 적이 있었는데, 그는 정부가 자유파 사람들을 죽이기 위해 조작해 낸 인물이라고 포주답게 불같은 열의를 가지고 토로했다. 하지만, 가브리엘은 아우렐리아노 부엔디아 대령이 자기 증조부인 헤리넬도 마르께스 대령의 전우요, 둘도 없는 친구였기 때문에 그가 실재 인물임을 의심하지 않았다.

—『백년의 고독』

또『백년의 고독』에서 아우렐리아노가 근친상간의 유혹과 고독을 이기기 위해 찾아가 의지하는 인물로 등장하는 창녀 니그로만따는 가르시아 마르께스가 현실 삶에서 성을 매개로 만나던 여성 인물이다.

나는 현재도 그녀의 성과 이름을 기억할 수 있으나 그 당시 내가 부르던 대로 니그로만따라고만 부르고 싶다. 그해 크리스마스에만 스무 살이 된 그녀는 아비시니아 사람 같은 외모에 카카오색 피부를 지니고 있었다. 섹스를 할 때면 침대를 즐겁게 만들고, 오르가슴에 이르면 온몸을 요란스럽게 흔들어대면서 격정에 사로잡혔는데, 그녀가 지닌 사랑의 본능은 인간의 것이라기보다는 거친 강 같았다. 우리가 침대에서 처음 만났을 때부터 우리는 미친 사람처럼 변했다. … 이웃 사람들은 그녀가 섹스를 할 때 행복한 암캐처럼 질러대는 소리 때문에 사자死者들의 평화가 교란된다고 불평들을 했으나, 그녀가 소리를 더 크게 지를수록 그녀 때문에 평화를 교란당한 사자들이 더 행복해했을 것임에 틀림없다.

—『이야기하기 위해 살다』

물론 『백년의 고독』에서는 니그로만따가 "커다란 몸집에, 골격이 단단하고, 말 같은 엉덩이와 싱싱한 멜론 같은 유방을 지닌, 그리고 중세 전사의 투구처럼 생긴, 철삿줄 같은 머리카락으로 만든 단단한 투구를 덮어쓴 것 같은, 완벽하게 둥글둥글한 머리를 지닌" 여자로, 아우렐리아노에게 "먼저 지렁이처럼, 그리고 달팽이처럼, 마지막으로는 게처럼 몸을 쓰는 법"을 가르쳐 준다. 이는 파멸 직전에 이른 부엔디아 가문의 남자로서 극심한 고독에 휩싸여 있는 아우렐리아노에게 근친상간의 위험에 빠지지 않을 동기를 부여할 만한, 성적으로 완벽한 몸과 테크닉을 지닌 여자로 니그로만따를 설정하기 위해서였을 것이다.

구아히라 출신 농부인 프란시스꼬 안또니오 모스꼬떼 게라Francisco Antonio Moscote Guerra는 바예나또의 전설이 되어, 음유시인 '프란시스꼬 엘 옴브레Francisco el Hombre'(인간 프란시스꼬)라는 이름으로 바예나또의 역사에 기록되어 있는데, 『백년의 고독』에서는 라틴아메리카의 음유시인 또는 신화화된 가수의 전형으로 나온다.

> 나는 아라까따까에서 열린 7월 20일 기념식에서 프란시스꼬 엘 옴브레가 연주하는 아코디언 음악을 처음으로 들었을 때부터 외할아버지에게 아코디언을 사 달라고 졸랐으나, 외할머니가 늘 아코디언은 하층민들의 천박한 악기라는 엉터리 같은 말을 늘어놓으며 거부했기 때문에 나는 애를 태우기만 했다.
>
> —『이야기하기 위해 살다』

계산된 감상을 집어넣어 켜대는 아버지의 바이올린 솜씨 때문에 어머니는 그가 새벽녘에 켜대는 바이올린 소리를 듣게 되면 누구든 울지 않고는 못 배긴다고 가르시아 마르께스에게 말할 정도였다. 그처럼 음악적 재능이 뛰어난 사람의 자식인 가르시아 마르께스 또한 음악에 관한 재능과 기호가 천부적이었다. 어렸을 때 지역 라디오 방송국의 '노래자랑'에 참가했을 정도로 음악을 사랑하던 그의 음악적 자질은 유랑 아코디언 악사들의 연주와 노래에 매혹되었던 시절에 발현되었고, 급기야는 까를로스 가르델의 탱고에 푹 빠져 버려 그처럼 옷을 입고, 펠트 모자를 쓰고, 비단 스카프를 둘렀으며, 누가 한 곡 부르라고 살짝 청하기라도 하면 목청껏 탱고를 뽑아냈다. 이렇듯, 카리브 문화에서 음악은 마땅히 중요한 역할을 해야 했고, 『백년의 고독』에도 프란시스꼬 엘 옴브레라고 하는 음악가를 등장시킬 수밖에 없었을 것이다.

몇 달 뒤, 자신이 지은 노래를 부르면서 종종 마꼰도를 지나가던 유랑자로, 나이가 거의 이백 살 정도 되는 프란시스꼬 엘 옴브레가 돌아왔다. 프란시스꼬 엘 옴브레는 마나우레에서부터 늪지대

경계까지 오면서 들른 마을들에서 일어났던 사건에 관한 소식을 자신의 노래를 통해 아주 자세하게 들려주었기 때문에 누군가 전할 말이 있거나 세상에 알려야 할 사건이 있으면 그것들을 그의 레퍼토리에 포함시켜 달라고 그에게 2센따보씩 지불했다.

—『백년의 고독』

바예나또 전개 과정의 초기에 활동했던 거의 대부분의 음유시인들과 마찬가지로 문맹자였던 프란시스꼬 엘 옴브레는 달랑 아코디언만 든 채 각지를 떠돌아다니며 자신의 노래에 고뇌와 즐거움을 녹여 냈고, 각처에서 보고 들은 얘기, 개인적인 얘기, 어느 여자에 대한 사랑의 감정을 토로했다. 전설에 따르면, 프란시스꼬 엘 옴브레는 마귀와 즉흥적인 노래 시합을 벌여 마귀를 물리쳤다고도 한다. 그가 마귀와 만난 사건은 민중의 상상력이 발현되어 생긴 것일 수 있는데, 바로 그런 이유 때문에 마술적 사실주의의 영역에서 재생산되었다고 볼 수 있을 것이다.

바예나또가 탄생해 인기를 누리던 지역에서 본격적인 작가 수업과 기자 생활을 시작한 가르시아 마르께스에게 바예나또는 마술적 리얼리즘의 원형이었다고도 할 수 있다. 프란시스꼬 엘 옴브레와 관련해서 가르시아 마르께스는 다음과 같이 술회했다. "스웨덴 아카데미 회원들은 내 노벨 문학상 수상식의 배경음악으로 벨라 바르톡의 '피아노를 위한 협주곡 3번'을 틀어 놓았다. 나는 그 음악을 틀어 준 점에 대해 진심으로 감사하나, 그들이 배경음악으로 어떤 것이 좋을지 내게 물었더라면 —나는 그들과 벨라 바르톡에게 진정으로 고마움과 경의를 표하면서— 어렸을 때 열리던 파티에서 들은 프란시스꼬 엘 옴브레의 즉흥 로만사들 가운데 한 곡을 선정했을 것이다."

이들 외에도 가르시아 마르께스가 실제적으로 접촉했던 인물로, 『백년의 고독』에 자잘한 재미를 제공해 주는 이들이 있다.

가르시아 마르께스의 외갓집에 팔려 온 구아히라 원주민 출신 노예 메메와 남동생 알리리오는 『백년의 고독』에서 몇 년 전부터 자기 부족을 괴롭히던 불면증을 피해 부엔디아 가문에 들어온 구아히라 출신 원주민 하녀 비시따시온과 남동생 까따우레로 변형되어 등장하고, 가르시아 마르께스에게 암탕나귀들과의 수간 현장을 보여 줌으로써 가르시아 마르께스가 죄의식 때문에 성당 복사 일을 그만두게 만든 수석 성당지기는 『백년의 고독』에 동일한 직업을 지닌 삐뜨로니오로 등장해 소년 호세 아르까디오 세군도에게 '그 짓'을 가르침으로써 소년으로 하여금 당분간 매음굴인 까따리노 가게에 발길을 끊게 만든다.

에피소드에 직·간접적으로 영향을 미치는 역사적·문학적 인물들도 많이 등장한다. 콜롬비아 카리브 연안에 출몰해 약탈과 기행을 일삼던 해적 프란시스코 드레이크, '천일 전쟁'에 참가한 맥 알리스터 장군, 『보물섬』의 작가 로버트 스티븐슨을 연상케 하는 그레고리오 스티븐슨 대령, 영국 역사가이자 교회의사로, 『영국 교회사』의 작가인 '존경스러운 베다', 아라까따까에서 거행되던 축제들에서 아코디언을 켜고, 카리브해 연안 라디오 방송국들이 집중적으로 소개하고, 바예나또를 세사르 지역의 상징으로 만들어 놓은 음유시인 라파엘 에스깔로나, 까딸루냐의 의학자·신학자이며, 연금술사, 강신술사降神術師인 아르나우 데 빌라노바, 에스파냐의 시인이자 극작가인 소리야도 등장한다. 모세와 그리스 연금술사 조시모도 등장하고 노스트라다무스, 독일의 여행가이며 지리학자, 박물학자로 열대 아메리카를 발견하고 널리 알림으로써 고대 지식의 비밀을 탐험했던, 멜키아데스와 동질의 인간인 알렉산더 폰 훔볼트, 영국 출신 항해가이자 정치가로 이사벨 1세의 총애를 받고 1616년 기아나를 식민지화했던 월터 롤리 경 등도 마꼰도의 삶에 참여한다.

『백년의 고독』이 쓰이기 전에 발표된 소설들에 등장하는 인물들 또한 『백년의 고독』에서 다른 성격을 지닌 인물로 재등장한다. 아르헨티나의 소설가 훌리오 꼬르따사르의 소설 『팔방차기』에 등장하는 로까마두르, 멕시코 혁명에서 대령으로 활동하다가 마꼰도로 망명해 아르떼미오 끄루스 동지의 영웅적인 행동을 직접 목격했다고 말하던 로렌소 가빌란, 쿠바 소설가 알레호 까르뻰띠에르의 소설 『빛의 세기』에 나오는 주인공 빅또르 우게스, 심지어는 가르시아 마르께스 자신의 소설 『마마 그란데의 장례식』에 등장하는 마마 그란데도 마꼰도의 주민이 된 것이다. 특히, 멕시코 혁명을 다룬 까를로스 푸엔떼스의 소설 『아르떼미오 끄루스의 죽음』에 등장하는 로렌소 가빌란의 경우, 실제로 1913년 12월에 소령이 되고, 1927년 11월에 대령으로 진급했는데, 마꼰도에 도착한 것은 1928년 파업이 발발했을 때의 일이었으므로 시간적 순서에는 전혀 무리가 없다.

역사적으로 아주 유명한 사람의 실명인 것처럼 생각되나 누구인지 정확히 알 수는 없고 단지 '알리리오'라는 이름이 '델리리오(일시적인 정신착란, 헛소리, 섬망 상태)'를 연상시키는 알리리오 노게라 박사, 마꼰도에 자본주의를 들여온 사람으로 인식되는 미스터 허버트 등도 있다.

역사적 인물이 아닌 허구적 인물들도 등장하는데, 이름부터가 허구적 냄새를 짙게 풍긴다. 이들 가운데 멜키아데스가 가장 독특한 인물이다. 그는 덥수룩한 턱수염, 사물의 이면을 꿰뚫어 보는 것 같은 동양적인 눈빛, 슬픈 분위기에 둘러싸인 침울한 표정, 참새 발처럼 생긴 손을 지닌 뚱뚱한 집시다. 그는 활짝 펼쳐진 까마귀 날개처럼 커다란 검은 모자를 쓰고, 수 세기의 녹청綠靑이 끼어 우중충해진 벨벳 조끼를 입고 있다. 그는 페르시아에서 이탈리아 나병을, 말레이 군도에서 괴혈병을, 알렉산드리아에서 문둥병을, 일본에서 각기병을, 마다가스카르에서 선腺페스트를, 시칠리아에서 지진을, 마젤란 해협에서는 엄청난 조난사고를 겪었지만 살아남은 인물이다. 스스로 노스트라다무스의 비법을 터득했다고 하면서 "물건들이란 제각각 생명을 가지고 있기 때문에, 영혼을 깨우기만 하면 다 되는 겁니다"라고 말하고, '지혜로운 마케도니아 연금술사들이 만든 여덟 번째 기적'이라는 이름을 붙인 자석을 가지고 무시무시한 공개 시범을 보여 준다. 나중에는 부엔디아 가문 남자들에게 연금술과 은판 사진술을 소개하고, 해독할 수 없는 부호들을 끼적거리거나, 고장 난 자동 피아노를 고치며, 결국 부엔디아 가문의 고독까지 배우고, 살아 있을 때나 죽은 뒤에도 부엔디아 집에서 영원히 머물며 양피지에 "가문 최초의 인간은 나무에 묶여 있고, 최후의 인간은 개미에게 먹히고 있다"는 글을 남김으로써 부엔디아 가문의 종말을 정확하게 예언해 놓는다.

남성 인물이든, 여성 인물이든, 역사적 인물이든, 허구적 인물이든, 가르시아 마르께스 자신이든 가족이든, 친구든, 『백년의 고독』에 등장하는 인물들은 모두 가르시아 마르께스라는 한 작가의 삶의 범주에서 결코 벗어날 수 없는 이들이다. 중요한 것은 이들 인물에게 '100년의 고독'적인 남성성과 여성성을 부여함으로써 마꼰도의 주민이 되도록 만들어 그들에게 각자 개성 있는 삶을 영위하게 했다는 것이다. 다시 말하면 모두, 그 비율이 크건 작건, 고독이라는 인자를 몸에 지니고 서로 얽히고설킨 채, 거대한 수레바퀴처럼 돌아가는 시간과 공간 속에서 각자의 맡은 바 '소임'을 다함으로써, 즉 각자의 존재 방식에 따라 살아감으로써 라틴아메리카라고 하는 마술적 현실과 그 삶을 더욱 풍요롭게 하는 데 일조한다.

3. 규정이 불가능한 소설

『백년의 고독』은 탄생 시점으로 보나 '관습에 대한 도전, 양식의 혼합, 모호성의 용인, 다양성의 강조, 혁신과 변화의 승인, 현실의 구성적 특성에 대한 강조' 등이 두드러져 있다는 점에서 보나 포스트모더니즘적 성격을 지닌다고 할 수 있다. 따라서 『백년의 고독』은 특정한 개념적 규정을 거부한다. 『백년의 고독』의 "기표는 끊임없이 미끄러지며, 따라서 특정한 의미를 결코 붙들어 두지 못한 채 잠깐 동안 머무르게 할 수 있을 뿐"이기 때문에 '『백년의 고독』이 무엇이다'라고 규정하는 것은 불가능하다. 이렇듯, 『백년의 고독』에서 다루어지는 현실은 일반적으로 생각하는 것보다 훨씬 더 복잡하다. 이런 현실을 살아가는 마꼰도 사람들의 삶 또한 탈윤리적이다. 어떠한 중심도, 어떠한 윤리적 척도도 있을 수 없다.

이처럼 고정되어 있지 않은, 다양한 해석이 가능한 『백년의 고독』, 소위 마술적 사실주의의 전범典範처럼 여겨지는 소설도 작가의 직·간접 경험과 그 경험의 시적 변형을 통해 이루어진 것이라는 사실은, 우리로 하여금 역으로 그 경험에 관한 탐구욕을 자극한다. 더욱이 그 모든 것이 말로 표현할 수 없고 이해할 수 없을 정도로 다양한, '마술적인' 카리브의 현실에 기반하고 있다는 사실에서 그 탐구열은 더욱 강해진다.

많은 독자는 『백년의 고독』의 씨줄 날줄과 문양을 이루는 요소들이 비현실적이라거나, 순전히 작가의 상상력에 의존한 것이라거나, '비윤리적'이라는 등의 불평 아닌 불평을 늘어놓기도 한다. 하지만, 이런 탐색 작업을 통해, 『백년의 고독』이 거의 대부분 실제 시간과 공간에서 삶을 영위한 인물들에게서 비롯된 것으로, 다양한 문학적 시도, 마술 같은 시적 변형, 인간의 삶에 대한 독특한 해석이라는 사실을 인지함으로써 그러한 오해들이 불식될 것이다.

제4장
문학으로 부활한 역사와 정치

기억력을 가진 자에게 기억하는 것은 쉬운 일이고,

가슴을 가진 자에게 잊는 것은 어려운 일이다.

— 가브리엘 가르시아 마르께스 —

1. 호모 폴리티쿠스와 호모 로켄스

정치를 통해 사회생활을 하는 인간의 특성을 규정하기 위해 '호모 폴리티쿠스Homo politicus'라는 용어가 만들어졌다시피, 특정한 정치 사상이나 견해를 지니지 않은 작가는 없고, 자신의 문학에 그것들을 투영하지 않는 작가도 없을 것이다. 물론 문학과 정치의 관련성은 대단히 중층적인 '매개 단계'를 통해서만 확인할 수 있다. 특정 문학작품의 정치적 함의는 그 작품이 지닌 총체적 의미와 관련시킬 때 비로소 '정확하게' 이해될 수 있다.

그렇다면 문학의 정치적 의미는 무엇일까? 문학작품은 특정 사회의 역사적·정치적 현상을 기반으로 생산되는데, 사회 현상에 대항하는 전위적인 자세를 취함으로써 사회의 진보와 발전에 기여하게 된다. 정치가 체제를 유지하기 위한 것이라면 문학은, 어떤 의미에서는, 그런 체제로부터 벗어나기 위한 것이다. 문학의 정치성은 말과 언어가 문학의 수단이자 모든 것이라는 사실에서 비롯된다. 문학이 정치성을 띤다고 한다면, 문학의 가치나 문학을 둘러싼 여러 가지 관계 자체가 정치적인 것이라고 말할 수 있을 것이다. '말하는(언어적) 인간'을 지칭하는 '호모 로퀜스Homo loquens'와 앞서 언급한 '호모 폴리티쿠스'는 상보적인 속성을 지니고 있다. 따라서 문학에 내재된 정치성을 포착하는 데는 특정 문학작품을 이루는 언어의 문제를 천착할 필요가 있다. 현실 또는 실체는 인간의 언어 사용 방식과 밀접하게 관련되어 있고, 인간은 언어를 통해 자신의 정치 사회적·심리적·미적 의미를 발산하기 때문에 언어가 담화(이야기)에 사용될 때 의미를 가지게 되는 것이다.

역사적·사회 경제적·정치적 문제에 대한 고발과 비판은 라틴아메리카 소설의 주요 테마 가운데 하나다. 일부 참여적인 소설은 당대의 이념과 시대정신의 충실한 대변자 역할을 한다. 이에 관해 과테말라의 노벨 문학상 수상 작가 미겔 앙헬 아스뚜리아스는 다음과 같이 밝힌다. "우리의 위대한 문학은 결코 정치적·사회적·도덕적·법률적인 문제, 또는 우리 환경에 반드시 필요한 문제들과 떨어져 있지 않았다. 이런 규범 안에서 이야기를 하는 히스패닉아메리카 작가는 이제 민중과 연대해야 한다. 히스패닉아메리카의 작가는 민중의 말을 전달해 주는 사람으로서 큰 역할을 지니고 있다."

가르시아 마르께스는 아스뚜리아스와 유사한 입장을 고수한다. 그는 자신이 당대의 시대정신을 포착하고, 그 시대에 참여해야 한다고 느끼며, 작가로서 피할 수 없는 책무를 십분 인정한다. 물론 이런 입장을 지닌 작가는 많을 수도 있다. 하지만, 중요한 것은 무엇을 '어떻게' 이야기하느냐다. 따라서 본 장에서는 가르시아 마르께스의 소설 『백년의 고독』에 구현된 역사적·정치적 서사(이야기하기)의 문제를 다룬다.

2. 역사 속 개인의 정치적인 삶

《위키백과》는 가르시아 마르께스를 "콜롬비아의 소설가, 저널리스트, 정치 운동가"로 규정한다. 여기서 '정치 운동가'라는 용어가 우리의 관심을 끈다. 그가 평생 문학과 저널리즘을 통해 우리에게 보여 준 것을 토대로 규정하자면, 그는 무정부주의적 정치 운동가 또는 좌파 이데올로기를 가진 사람처럼 보인다. 그럼에도, 그의 정치적 관점은 썩 명확하게 드러나 있지 않다. 『백년의 고독』에 관해서도 일부 비평가는 정치적·이데올로기적인 작품이라고 말하고, 다른 비평가들은 라틴아메리카의 메타포라고 할 수 있는 마꼰도의 삶에서 취한 유머의 일종이라고 평가한다. 물론 『백년의 고독』이 유머 넘치는 소설이라고 할지라도, 가르시아 마르께스가 이 소설을 쓴 진짜 의도는 자신의 정치적 신념을 표출하기 위해서라는 사실을 포착할 수 있다. 사실, 가르시아 마르께스는 자신의 문학작품을 정치적인 의미를 전달하는 수단으로 삼는 작가라고 알려져 있고, 이는 『백년의 고독』을 통해 입증되었다. 여기서 '정치적'이라는 말에는 무엇이 진실인지 밝히겠다는 의도가 들어 있다는 사실을 간과하지 않아야 한다. 가르시아 마르께스는 라틴아메리카 사람들이, 아니 세계의 모든 사람이 지금보다 더 좋은 사회에서 더 인간답고 행복한 삶을 영위할 수 있도록 숨겨진 진실을 찾아내 우리에게 보여 주는 이야기꾼이다.

앞에서 인용했다시피, 가르시아 마르께스는 "내 책에 쓰인 것들 가운데 실제로 일어난 사건에서 비롯되지 않는 것은 단 한 줄도 없다"고 말한다. 조금 과장된 표현이긴 하나 『백년의 고독』의 시·공간적 배경과 등장인물, 에피소드는 그가 직·간접적으로 경험한 사실에 기반하고, 가장 비현실적으로 보이는 것조차도 시적詩的 수단을 동원해 변형시킨 생생한 현실이라는 사실을 강조하고 있는 것이다. 따라서 그가 들려주는 역사와 정치 이야기를 제대로 이해하기 위해서는 그의 삶에 관해 알아볼 필요가 있다. 이는 그가 이야기에 직접 개입하든, 개입하는 형식을 빌려 독자를 '속이든', 그와 그의 삶이 이야기 속에 어떤 식으로든 들어가 있기 때문이다.

가르시아 마르께스의 정치적 삶은 '천일 전쟁'에 참전한 역전의 용사이자 자유파 지도자인 외할아버지 니꼴라스 리까르도 마르께스 메히아 대령과 더불어 시작된다. 천일 전쟁은 1898년

선거에서 승리한 민족주의 보수파 마누엘 안또니오 산끌레멘떼가 자유파와 민족주의 보수파가 제시한 개혁안을 거부함으로써 1899년 8월에 발발해 약 1000일 동안 지속되다가 1902년 11월에 끝난 내전이다. 이 전쟁으로 약 15만 명이 죽고 국가 경제가 파탄 지경에 이르렀는데, 종전 이후에는 대지주들의 지원을 받은 보수당 정권이 권력을 더욱 강화했다. 이론의 여지 없이 천일 전쟁은 콜롬비아 역사에서 가장 길고 비극적이며 피비린내가 진동하는 내전이었다. 나라의 구석구석까지 모든 국민과 생산 시설, 사회 간접 시설을 파괴함으로써 국민들에게 원한과 분열, 불의를 심어놓았다. 내전이 남긴 최종 결과는 콜롬비아에서 역사의 양대 적인 자유주의와 보수주의가 아이러니하게도 정치에서는 동전의 양면처럼 공범 관계일 뿐이라는 사실을 확인해 준 것이었다. 가르시아 마르께스의 소설 속 인물 아우렐리아노 부엔디아 대령이 말하듯 자유주의자와 보수주의자 사이의 유일한 차이는 한쪽이 새벽 다섯 시 미사에, 다른 쪽은 아침 여덟 시 미사에 참례한다는 것뿐이었다.

대령은 어린 외손자에게 천일 전쟁의 참상과 자신의 '투쟁', 1928년에 발생한 바나나 농장의 노동자 학살 같은 역사적 사건들을 이야기해 줌으로써 외손자의 정치철학 형성에 큰 영향을 미쳤고, 외손자가 다양하고 독특한 '역사적 · 정치적' 인물들을 창조하는 데 영감을 주었다. 가르시아 마르께스의 동생인 루이스 엔리께에 의하면, 가르시아 마르께스는 자신이 태어난 해를 학살이 일어난 해로 바꾸려 했을 정도였다. 그 후 가르시아 마르께스는 보고따 인근 시빠끼라 중등학교에서 자유주의 사상을 지닌 교사들을 통해 마르크시즘과 사회주의 이론을 배운다. 대학에 입학한 그는 보수당 정권의 반노동자 정책, 대지주와 대기업의 이윤 확대 정책에 항거하는 전국적인 시위를 주도한 자유당 지도자 호르헤 엘리에세르 가이딴이 1948년에 암살당함으로써 유발된 폭동 보고따소Bogotazo를 목격한다. 하지만 당시까지만 해도 그의 정치관은 썩 과격하지도 참여적이지도 않았던 것 같다. 그가 당시를 회고하면서 들려준 얘기에는 그의 정치적 태도가 에둘러 표현되어 있다.

> 그는 내게 숨 돌릴 틈도 주지 않은 채 나더러 당장 학교로 가서 학생들의 항의 데모를 이끌라고 명령했다. 특이한 것은 내가 내 존재 방식에 반해 그의 말을 따랐다는 것이다. … 나는 암살 사건

이 유발할 수 있는 결과들에 대해 명확한 전망을 갖고 있지 않았으며, 항의 데모보다는 점심 식사에 마음이 더 가 있었기 때문에 하숙집으로 발걸음을 돌렸다. —『이야기하기 위해 살다』

그리고 그는 보고따소로부터 시작되어 1957년에 로하스 삐니야 장군의 군사 정권이 붕괴될 때까지 약 25만 명의 콜롬비아 국민이 '폭력'에 희생당한 '라 비올렌시아La violencia'를 겪는다. 초기에는 경찰과 자유당 소속 무장 집단이 대결하다가, 시간이 흐르면서 자유당과 보수당을 각각 지지하는 무장 농민 집단이 등장한다. 이후 계엄령이 선포되고, 보수파와 자유파 사이에 유혈폭력이 지속적으로 발생한다. 이 같은 정치적 폭력은 가르시아 마르께스에게 반폭력적, 반독재적 역사관과 정치관을 심어주고, 이는 작품에도 반영된다. 가르시아 마르께스는 1959년에 쿠바 혁명이 발발하자 혁명을 지지한다. 1960년에 혁명이 성공한 직후에는 쿠바 정부의 뉴스 에이전시《라 쁘렌사La prensa》의 책임자로 쿠바에 6개월 동안 머무르면서 피델 까스뜨로, 에르네스또 체 게바라와 우정을 맺고, 쿠바 혁명을 옹호하는 글을 쓴다. 이로 인해 그는 좌파 이데올로기를 지닌 작가로 낙인이 찍힌다. 여기까지가 『백년의 고독』에 직·간접적으로 영향을 미쳤으리라고 판단되는 가르시아 마르께스의 주요 정치적 삶인데, 이 삶은 그의 기억에 생생하게 각인되어 그만의 '이야기하기'를 통해 우리에게 전해진다. 『백년의 고독』이 콜롬비아의 정치 상황에 대한 공명상자共鳴箱子 역할을 하고 있는 것이다. 물론 그 이후로도 가르시아 마르께스는 세계적인 명성을 지닌 작가로서 직·간접적인 '정치 행위'를 지속적으로 전개한다.

3. 정치적 '기억'의 문학화

가르시아 마르께스는 자서전 『이야기하기 위해 살다』의 제사題詞로 다음 문장을 사용한다.

> 삶은 한 사람이 살았던 것 그 자체가 아니라 현재 그 사람이 기억하고 있는 것이며, 그 삶을 이야기하기 위해 어떻게 기억하느냐 하는 것이다.

사실, 하나의 소설은 작가의 '삶-기억-이야기'의 삼각관계에서 태동한다고 할 수 있다. 이야기와 이야기하는 행위는 삶의 기억과 불가분의 관계가 있다. 작가가 자신이 직·간접적으로 겪은 삶을 이야기할 때 '어떻게 기억하느냐' 하는 문제는 '어떻게 이야기하느냐'의 본질을 이루기 때문이다. 역설적으로 말하면 기억나지 않은 삶, 이야기될 수 없는 삶은 의미가 없다고 할 수 있다. 가르시아 마르께스가 문학혼을 불태우던 초기에 릴케의 "그대가 글을 쓰지 않고도 살 수 있을 거라 믿는다면, 글을 쓰지 말라"는 말에 함축된 문학 정신을 본받아 "소설을 쓸 것인가 죽을 것인가?"라며 고뇌했다는 사실은, 이야기하지 않는 삶의 무의미함을 역설적으로 대변한다.

1) 마꼰도의 정치적 함의

『백년의 고독』은 다음과 같이 시작된다.

> 많은 세월이 흐른 뒤, 총살형 집행 대원들 앞에 선 아우렐리아노 부엔디아 대령은 아버지에 이끌려 얼음 구경을 갔던 먼 옛날 오후를 떠올려야 했다. —『백년의 고독』

이는 소설의 핵심 인물 가운데 하나인 아우렐리아노 부엔디아 대령이 총살형을 당하는 장면인데, '총살형 집행대'와 '대령'이라는 어휘에서 우리는 이 소설이 지닌 정치적 함의를 포착할 수 있다. 당시 라틴아메리카에서 대령은 전투를 지휘하던 고위 군인이었다. 그러므로 대령이 총살형 집행대 앞에 섰다는 사실은 그가 당시 라틴아메리카에서 흔히 벌어지던 내전 또는 어느 정치적 사건에 깊숙이 개입되어 있다는 것을 암시한다. 특히 '많은 세월이 흐른 뒤'라는 표현에서는 대령이 총살형 집행대 앞에 서기까지 역사의 격동기를 거쳐 왔다고 이해할 수 있다. 『백년의 고독』에는 아우렐리아노 부엔디아 대령이 총살형 집행 대원들 앞에 섰을 때를 묘사하는 부분이 산재해 있는데, 당시 그의 모습과 심리를 대략 복원해 보면 다음과 같다. 레메디오스와의 결혼식에서 신었던 쇠고리 달린 에나멜 코팅 반장화를 신은 그의 몸은 축 늘어져 있었고 시선은 뭔가를 꿰뚫어 보는 듯했다. 총살형 집행 대원들이 그에게 총을 겨누었을 때 그의 분노는 끈적끈적하고 쓰디쓴 물질로 변해 그의 혀를 마비시키고, 그의 눈을 감겨 버렸다. 그때 새벽녘의 희뿌연 광휘가 사라지자 그는 짧은 바지를 입고 목에 타이를 두르고 있는 아주 어린 자기 모습을 보았고, 어느 아름다운 오후에 자기를 천막 안으로 데리고 들어가 얼음 구경을 시켜 주던 아버지를 보았다. 그리고 발사 명령을 내리기 1초 전 아우렐리아노 부엔디아 대령은, 과거에 아버지가 물리 강의를 하다 말고 손을 공중으로 들어 올리고 눈을 고정시킨 채, 멀리서 집시들이 놀랄 만한 최신 발명품을 선전하면서 연주하는 피리와 북과 딸랑이 소리를 들으며 황홀해하던 그 3월의 따스한 오후를 떠올렸다. 하지만 결국 그는 형 호세 아르까디오 덕분에 총살형을 면하고 살아나 특유의 고독 속에 침잠해 버린다.

콜롬비아의 역사, 정치 현실과 결부된 소설적 '시간'은 『백년의 고독』의 서사 구조에서 중요한 역할을 한다. 화자는 가르시아 마르께스의 외조부모처럼 청자들을 앉혀 놓고 이야기하는 방식을 취하는데, 여기에 구비문학에서 중요한 역할을 담당하는 시간의 문제가 부각되어 있다.

프랑코 모레티에 따르면, 소설에서 어떤 사실이 이루어지기 전에 그 결과를 미리 밝히고 나중에 다시 상술하는 방법은 이 소설에 서사시적 위엄성을 부여하면서 플롯을 만들고 서스펜스와 궁금증을 유발한다. 그동안 도대체 무슨 일이 있었기에 대령이 총살형을 당한다는 말인가? 그리고 그 절체절명의 순간에 왜 하필이면 아버지에 이끌려 얼음 구경을 갔던 먼 옛날 오후를 떠올려야 하는 것인가?

『백년의 고독』의 공간적 배경인 마꼰도에는 가르시아 마르께스의 정치적 삶과 기억, 이야기하기의 메커니즘이 작동하고 있다.

> 그 당시 마꼰도는 선사시대의 알처럼 매끈하고, 하얗고, 거대한 돌들이 깔린 하상河床으로 투명한 물이 콸콸 흐르던 강가에 진흙과 갈대로 지은 집 이십 채가 들어서 있는 마을이었다.
>
> …
>
> 호세 아르까디오 부엔디아는 마을 집들을 적절하게 배치시켜 모든 집이 같은 노고를 들여 강물을 길어 먹을 수 있도록 하고, 더운 시각에는 어떤 집이 다른 집에 비해 햇볕이 더 많이 드는 일이 없도록 길을 설계했다. 채 몇 년이 되지 않아 마꼰도는 삼백 명의 주민이 그때까지 알고 있던 그 어떤 마을보다 잘 정비되고 부지런한 마을이 되었다. 사실, 마꼰도는 주민 가운데 삼십 살이 넘는 사람이 하나도 없고, 죽은 사람이 하나도 없는 행복한 마을이었다. —『백년의 고독』

앞에서도 분석했다시피, 평화와 원시가 공존하는 고립된 지역 '마꼰도'는 설립자 호세 아르까디오 부엔디아의 이상이 고스란히 반영된 곳인데, 설립자의 이름을 통해 우리는 마꼰도가 이상향 '아르까디아'와 닮은 곳이라는 사실을 유추할 수 있다. 물론, 호세 아르까디오 부엔디아의 그런 공동체적인 솔선수범 정신은 나중에 자석에 관한 열병, 천문학적 계산, 물질의 변이에 대한 동경, 세상의 온갖 경이를 알고자 하는 열망에 이끌려 이내 사그라져 버렸다. 어찌 되었든, 두 번째 인용문을 통해 마꼰도가 지닌 정치적 함의를 살펴보자면, 마꼰도는 경제적인 것과 자연의 혜택까지도 공평하게 나누는 '이상적인 공산주의', 모든 주민이 평등하게 살아가는 민주주의의 이념과 죽은 사람이 하나도 없는 유토피아적 이상이 구현된 공동체 마을로 설정되어 있다. 하지만 첫 번째 인용문의 제한된 과거 시간을 가리키는 부사 '그 당시'를 통해 화자는 밀림 속에 들어 있는 '섬'("마꼰도는 사방이 바다로 둘러싸여 있어!")처럼 세상으로부터 고립된 작은 마을 마꼰도가 장차 외세의 도래로 근대 세계 체제에 포섭됨으로써 격랑에 빠질 것이라는 사실을 암시한다. 마꼰도의 삶에는 라틴아메리카의 정치·사회적인 문제, 즉, 외세의 수탈·

종속·보수파와 자유파의 대립·실패와 좌절·고립무원, 더 나아가 라틴아메리카 인간의 존재 방식을 사로잡는 '고독'이 내재되어 있는 것이다. 프랑코 모레티는, 'Macondo'에서 'co'를 빼면 'Mando'가 되어 '세계Mundo'와 유사해지기 때문에 '마꼰도'는 '세계'를 상징한다고 보았는데, 이런 의미에서, 마꼰도는 '고독'이 지배하는 콜롬비아, 아메리카, 또는 '세계'의 메타포라 할 수 있을 것이다.

2) 우매한 정치와 폭력

앞서 언급했다시피, 콜롬비아의 현대사, 특히 정치사를 비이성적 '폭력'과 연계시키는 데는 큰 무리가 없을 것인데, 『백년의 고독』에 형상화된 '비이성과 폭력의 현대사'의 핵심에 있는 인물이 바로 아우렐리아노 부엔디아 대령이다. 『백년의 고독』에서 가장 독특하고 영향력 있는 인물로 설정된 그는 소설의 첫 장부터 마지막 장까지 다양한 모습으로 나타난다. 마꼰도 이야기의 5분의 1을 차지하는 전쟁의 역사는 그의 전기에 해당한다고 할 수도 있을 것이다. 아우렐리아노 부엔디아 대령의 성격, 내전, 바나나 농장 파업과 노동자 학살 등은 실제 콜롬비아의 역사와 정치적 상황을 차용한 것이다. 다시 말해, 내전에서 살아남은 역전의 용사이자 콜롬비아 현대사의 산증인이라고 할 수 있는 외할아버지 니꼴라스 마르께스 대령이 외손자인 자신에게 들려준 내전의 상처, 영웅주의, 유혈이 낭자한 전투, 바나나 농장의 착취, 노동자들의 봉기와 참혹한 진압 및 학살 등을 생생하게 기억해 이야기(형상화)한 것이라고 할 수 있다. 따라서 가르시아 마르께스의 형상화는 소위 '2차적' 형상화인 것이다.

> 아우렐리아노 부엔디아 대령은 서른두 차례 무력 봉기를 일으켜 모두 실패했다. 열일곱 명의 여자에게서 각각 열일곱 명의 아들을 두었으나, 큰아들이 서른다섯 살이 되기 전, 모두 단 하룻밤에 한 명씩 살해되었다. 아우렐리아노 부엔디아 대령은 열네 번의 암살 기도와 일흔세 번의 매복 공격과 한 번의 총살형으로부터 빠져나왔다. 말 한 마리를 죽일 만한 분량의 스트리크닌이 든 커피를 마시고도 살아났다. 공화국 대통령이 수여한 훈장을 거절했다. 전국의 관할권과 지휘권을 지닌 혁명군 총사령관 직위에 오르고, 정부가 가장 두려워하는 인물이 되었지만, 자신이 사진에 찍히는 것을 결코 용납하지 않았다. 전쟁이 끝난 뒤 나라에서

주는 종신 연금을 거절하고, 늙을 때까지 마꼰도에 있는 작업실 에서 작은 황금 물고기를 만들며 살았다. 늘 부하들의 전면에 나서 싸웠지만 그가 입은 상처라고는 거의 이십 년 동안의 내전에 종지부를 찍는 네에를란디아 조약에 서명하고 난 다음 자기 스스로 입힌 것뿐이었다. 권총으로 가슴을 한 방 쏘았는데, 총알이 급소를 하나도 다치지 않은 채 관통해 등을 뚫고 나왔다.

—『백년의 고독』

소설이 전개되면서 상술될 아우렐리아노 부엔디아 대령의 정치적 역정이 이 인용문에 거의 다 암시되어 있다. 한 인간이 이런 삶을 영위한다는 것은 거의 불가능할 것처럼 보이지만, 전쟁이 일어난 이유를 비롯해 추상적인 것이라고는 전혀 찾아볼 수 없다. 프랑코 모레티는 이런 것을, "포퍼가 호머의 신들을 두고 종종 지적했던 것처럼 사건을 신화적으로 설명하는 전형적인 방식이 아닌가?"라고 묻는다. 인용문을 구성하는 아홉 개의 개별 문장은, 실제로 일어난 사건의 결과에 대한 단순한 정보를 제공하는 기능을 지닌 '단순(부정)과거' 시제에 의해 주도된다. 각각의 자세한 내용을 살펴보면 복잡다단하기 이를 데 없을 대령의 삶에 대한 정보가 무미건조하게 제공되고 있는 것이다. 물론 이처럼 단순한 정보는 소설의 이야기가 전개되면서 작가의 치밀한 서사 전략에 의해 자세하게 밝혀진다. 각 사건의 실상이 정보의 객관성과 단순성에 비해 놀랍도록 복잡하고, 예측 불가능한 수준으로 드러나는 것이다.

앞에서 언급했듯이, 아우렐리아노 부엔디아 대령이 열일곱 명의 여자에게서 각각 얻은 아들 열일곱 명은 가르시아 마르께스가 유년 시절 외가에서 겪은 실제 사건에 대한 기억을 변형한 것이다.

아우렐리아노 부엔디아 대령의 아들의 수인 열일곱은 대령이 나중에 만들게 되는 작은 황금 물고기 수와 같은데, 이처럼 절묘한 '숫자 놀음'을 통해 작가는 이야기의 의미와 즐거움을 배가시킨다. 외할아버지의 '바깥 자식들'이 실제로 어떻게 죽었는지는 자세히 밝혀지지 않았지만, 『백년의 고독』에서 부엔디아 대령의 열일곱 아들은 각기 다른 아주 독특하기 이를 데 없는 방식으로 각지에서 살해당하는데, 죽음의 방식이 워낙 특이해서 한편으로는 전율을, 다른 한편으로는 흥미를 배가시킨다. 대표적인 경우를 살펴보자.

아우렐리아노 뜨리스떼가 저녁 일곱 시에 어머니 집에서 나오고 있을 때 어둠 속에서 튀어나온 총알 한 방이 그의 이마를 꿰뚫었다. 아우렐리아노 센떼노는 양미간 사이에 얼음 찍는 갈고리가 손잡이 부분만 남겨 놓을 정도로 깊숙하게 박힌 상태로, 공장에 자주 걸어 놓고 자던 해먹 안에서 발견되었다. 아우렐리아노 세라도르는 애인과 함께 영화 구경을 하고 애인을 부모 집까지 바래다준 다음 불이 환하게 밝혀진 아라비아인 거리를 통해 집으로 돌아오던 중, 신원이 끝까지 밝혀지지 않았던 괴한이 군중 속에서 쏜 권총 한 발을 맞고 버터가 끓고 있던 솥 안으로 쓰러져 버렸다.

다른 아들 열여섯이 죽었을 때 유일하게 도망쳐 숨어 버린 아들은 푸르고 커다란 눈을 지닌 목수 아우렐리아노 아마도르다. 그를 죽이기로 한 날 밤, 괴한 둘이 그의 집으로 찾아가 권총을 쏘아댔지만 총알은 그의 이마에 남겨진 재의 십자가에 적중하지 못했다. 아우렐리아노 아마도르는 마당 담을 뛰어넘어, 목재를 사느라 친분을 맺었던 원주민들 덕택에 속속들이 꿰고 있던 산속의 미로로 사라졌다. 그 후 몇 해 동안 그에 대한 소식은 알려지지 않았다. 하지만 아우렐리아노 아마도르 또한 죽음을 피할 수 없었다.

> 몇 해 동안 아우렐리아노 아마도르를 쫓으며 세상의 절반을 개처럼 추적해 온 경찰관 둘이 반대편 보도에 있는 아몬드나무들 사이에서 나타나 그에게 모젤 권총 두 발을 쏘았고, 탄환들이 재의 십자가를 깨끗하게 꿰뚫어 버렸다.

어찌 되었든, 재의 십자가가 살인의 표적이 되었기 때문에, 외국 자본과 결탁한 정부 당국이 저지른 범죄를 교회가 동조함으로써 교회 또한 콜롬비아 폭력사의 한 장을 장식했다는 사실을 암시한다는 해석이 가능할 것이다.

라틴아메리카의 역사에서 가장 고통스러운 사건들 가운데 하나는 바로 내전인데, 콜롬비아에서는 보수파와 자유파 사이의 오랜 대립으로 수많은 동족상잔이 발생했다. 가르시아 마르께스는 어렸을 때 외할아버지, 친척 어른들, 마을 어른들로부터 내전의 참혹함, 무모함 등에 대해 자주 들었고, 그 기억이 『백년의 고독』에 형상화되었는데, 가르시아 마르께스에게 전쟁은 풍자의 대상이다.

> 인도주의적인 감정을 지니고 있던 아우렐리아노는 서자들의 권리를 인정하려는 자유파의 입장에 공감했지만, 아무튼 사람들이 손으로 만져 볼 수도 없는 이념들을 가지고 어쩌다 전쟁이라는 극한 상황에 도달하게 되었는지 납득하지 못하고 있었다.
>
> —『백년의 고독』

자유파와 보수파 사이의 폭력과 보복이 끊임없이 이루어지고 상호 불신과 증오가 팽배함으로써 내전은 장기간에 걸쳐 전국적으로 확산되어 피해자가 양산되었는데, 사실 피해자들 대부분은 문맹으로서 특정한 정치적 신념도 없고, 이데올로기를 제대로 이해하지도 못한 상태에서 내전에 참여했다. 여기서는 희망과 목표를 상실한 채 몰지각한 지도자들에 의해 삶이 이끌리는 민중의 모습을 잘 보여 주는데, 아무런 동기도 없이 무의미한 전쟁에 맹목적으로 참여하는 우매한 인간에 대한 풍자는 아우렐리아노 부엔디아 대령과 친구 헤리넬도 마르께스 대령의 다음과 같은 대화에 잘 드러난다.

"친구, 한 가지만 얘기해 주게, 자넨 왜 전쟁을 하고 있는가?"

"왜라니, 친구. 위대한 자유당을 위해서지." 헤리넬도 마르께스 대령이 대답했다.

"그걸 알다니 자넨 행복한 사람이군. 난 말이야, 자존심 때문에 싸우고 있다는 걸 이제야 겨우 깨닫게 되었네." 그가 말했다.

"그것참 안됐군." 헤리넬도 마르께스 대령이 말했다.

아우렐리아노 부엔디아 대령은 친구의 놀란 표정이 재미있었다.

"그래. 하지만 어찌 됐든, 왜 싸우는지도 모르는 것보다야 더 낫지."

그는 친구를 쳐다보다가 미소를 머금으며 덧붙였다. "또 말이야, 자네처럼 그 누구에게도 아무런 의미가 없는 그 무엇을 위해 싸우는 것보다는 더 낫지." —『백년의 고독』

이들이 내전 초기에 지녔던 자유주의적 신념, 주장 등은 아무런 효과를 거두지 못하게 된다. 과거에는 실제적인 행동이었고, 젊음의 거부할 수 없는 열정이었던 전쟁이 이제는 막연한 개념, 다시 말하면, 공허한 그 무엇으로 변모되어 버렸던 것이다. 결국 이들의 투쟁은 무위로 끝나고, 그 결과 정권은 보수파가 장악해 버렸는데, 이는 아우렐리아노 부엔디아 대령의 회한에 찬 말에서도 잘 드러난다.

> "이 정권은 아주 형편없는 자식들이 차지해 버렸어. 우린 수없이 전쟁을 치렀건만, 그건 모두 우리네 집들을 파랗게 칠하지 않도록 하기 위해서였을 뿐이었다니까." —『백년의 고독』

이는 마꼰도가 설립된 지 얼마 되지 않아 보수당 정부의 조정관으로 부임한 아뽈리나르 모스꼬떼가 "첫 번째로 취한 조치는 국가 독립 기념일을 축하하기 위해 모든 집을 파란색으로 칠하라고 명령하는 것이었다"는 사실을 상기하면서 한 말인데, 콜롬비아에서 보수당의 상징색은 파란색이고, 자유당의 상징색은 빨간색이라는 사실을 교묘하게 비꼰 것이다.

자유파와 보수파의 모순된 행위를 설명하는 부분에서는 이념과 전쟁에 대한 가르시아 마르께스의 비판과 풍자가 여실히 드러나는데, 그는 보수파뿐만이 아니라 자유파도 함께 비판한다. 그에게 비판의 대상은 특별한 이데올로기라기보다는 역사와 정치 발전에 아무런 도움을 주지 못한 채 선량한 민중을 도탄에 빠뜨려 역사를 퇴행시키는 비이성적이고 비논리적인 행위였던 것이다.

> "이거 참 우스운 일이구먼. 그리스도 신앙을 옹호하는 사람들은 성당을 파괴하고, 공제비밀결사회원들은 복구를 하다니."
>
> —『백년의 고독』

여기서 '그리스도 신앙을 옹호하는 사람들'은 보수파를, '공제비밀결사회원들'은 자유파를 의미한다. 보수파 정부군이 마꼰도를 탈환할 때 성당 종탑을 파괴했는데, 아우렐리아노 부엔디아 대령이 성당을 보수하겠다고 나서자 신부가 비꼬듯 이렇게 말한 것이다. 이렇듯 풍자는 구비문학에 자주 사용되는 기법인데,『백년의 고독』의 서사에서도 그 기능이 유감없이 발휘되고 있다.

3) 경제적 수탈 및 폭력

라틴아메리카에서 열대과일을 생산해 미국과 유럽에 팔기 위해 설립된 미국 청과회사 유나이티드 프루트 컴퍼니의 경제 제국주의와 바나나 농장 노동자들의 파업을 잔인하게 진압하는 과정에서 발생한 노동자 학살은 아마도 콜롬비아의 '역사'와 마꼰도의 '이야기'를 이어 주는 중요한 요소가 될 것이다. 『백년의 고독』에서는 미국인 미스터 브라운이 바나나 회사를 설립해 마꼰도의 산업화를 진행하는데, 실제로 라틴아메리카의 많은 도시가 같은 식으로 외국인들에 의해 현대화된다. 이를 통해 사람들에게는 일자리가 주어지고 도시는 기술적인 발전을 이루며, 라틴아메리카에서 미국인을 지칭하는 '그린고'들은 바나나 수확 덕에 엄청난 이익을 얻는 회사를 소유하게 된다. 소설에서 아우렐리아노 부엔디아 대령은 유머러스한 불평을 통해 예언자나 다름없는 역할을 수행한다.

> "우리가 지금까지 애써 온 게 기껏 그린고 한 사람에게 기네오 맛을 보여 주기 위해서였다니까." —『백년의 고독』

아라까따까와 '마꼰도'의 역사를 근본적으로 바꿔 놓게 될 이 회사는 기업 합병 목적으로 세기말에 보스턴에서 설립되었는데, 1901년 콜롬비아의 막달레나 지역에 거대한 발을 내디

된 이래 얼마 안 있어 그 목표를 달성한다. 1906년 아라까따까와 푼다시온 사이의 철도 연결, 인근 토지의 독점, 최신 생산 기술의 도입으로 기존의 내·외국계 자본의 농장들을 흡수하면서 바나나(기네오) 재배는 독점 산업화한다. 1915년경 에스파냐계 대농장주 소유의 바나나 경작지가 5850헥타르였고, 프랑스계 자본의 농장이 2485헥타르였는 데 비해 유나이티드 프루트 컴퍼니는 외곽 지역의 농지를 흡수하면서 6050헥타르의 경작지를 소유하게 된다. 유나이티드 프루트 컴퍼니는 상대방이 자신들의 게임의 법칙을 수용하지 않을 경우 공갈, 협박, 강제 매수 등 온갖 방법을 동원해 경작지를 확장한다. 그러나 모든 이가 그들의 의도대로 따라 주지는 않는다. 에스파냐계 대농장주 중 한 사람인 퇴역한 벤하민 에레라 장군은 산따 마르따 법정에서 독점자본의 횡포를 고발하기에 이른다. 그러자 유나이티드 프루트 컴퍼니는 소송을 뿌리째 무효화하기 위해 총지배인을 통해 법원의 서류를 훔치기까지 한다. 지배인이 구속되었으나, 유나이티드 프루트 컴퍼니의 더러운 게임은 계속된다. 5년 후 그들이 프랑스계 회사를 병합해 경작 가능한 농지의 69%를 소유하게 되자 경제 집중은 완료되었고, 이제 회사는 콜롬비아내에서 또 다른 국가로 기능하게 된다. 거대한 경제력과 라파엘 레이에스 장군 정부 시절(1904~1909)에 제정된 노동법을 동원해 그들은 그 지역의 정치, 상업, 노동 분야에서 전횡을 일삼는다. 그들은 다른 생산자의 바나나 구매가격, 구매량, 관개용수 공급량, 대출 이자율 등 모든 문제를 독단적으로 결정했다.

유나이티드 프루트 컴퍼니는 콜롬비아에서 투기를 하고 사실상의 국가 권력을 행사한다. 산따 마르따의 바나나 농장 지역의 토지뿐만 아니라 철도, 수로 등을 독점하면서 모든 노동자를 지배한다. 이 지역 주민은 바나나 회사와 관계를 맺지 않고서는 일자리를 찾을 수 없는 상황이었기 때문에 회사가 이를 이용해 노동자를 착취한 것이다.

노동자의 문제는 매우 복잡했다. 유나이티드 프루트 컴퍼니 소속 농장의 노동자들은 법적으로는 존재하지 않는 인물들이었다. 회사는 노동자가 아니라 노동자들을 관리하는 십장이나 후견인과 노동 계약을 체결하고 있었다. 유나이티드 프루트 컴퍼니는 개별 노동자들에 대한 책임을 지지 않고 250명에 달하는 대표 계약자에 대한 책임만 질 뿐이었다. 그러다 보니 대부분이 문맹자에다 문화 수준도 낮고, 정치의식이 전혀 없는 노동자를 상대로 갖가지 착취가 자행되었다. 노동자들은 법적으로 존재하지 않았기 때문에 회사는 사망이나 사고재해에 대한 보상금, 혹은 의료비를 지급하지 않았고 일요일이나 휴일 근무 수당도 무시했다. 파업권을 인정하지 않는 것은 두말할 나위도 없었다. 급여는 계약 당사자인 십장들을 통해 농장 안에 설치한 매점에서 물품을 살 수 있는 전표를 보름에 한 번씩 지급했다. 낮은 급여와 열악한 환경, 전무하다시피 한 의료 시설 속에서 불안정하고 간접화된 조건의 노동자와 회사 사이의 노사관계는 부패할 수밖에 없었다.

『백년의 고독』에는 이를 다음과 같이 이야기하고 있다.

> 노동자들의 불만은 숙소의 비위생성과 의료 서비스의 기만성, 그리고 작업 조건의 악랄함에 기초하고 있었다. 더 나아가, 그들은 보수를 현금으로 받는 게 아니라 회사 매점에서 버지니아산 햄을 사는 데 말고는 쓸모가 없는 배급표로 받고 있다고 주장했다. … 회사 소속 의사들은 환자들의 진찰은 하지 않고 진료실 앞에 길게 줄을 세워 놓았고, 간호사 하나는 환자들이 말라리아를 앓건, 임질에 걸렸건, 변비에 걸렸건 가리지 않고 혀에 황화동黃化銅 빛

깔의 알약을 하나씩 놓아 주었다. 모든 병에 그 알약을 주었기 때문에 아이들은 여러 차례 줄을 서서는 알약을 받아 삼키지 않고 있다가 빙고 게임에서 불러 주는 숫자를 표시하는 데 사용하려고 집으로 가져갔다. 회사 노동자들은 비참한 숙소에 짐처럼 쟁여져 있었다. 회사 기사들은 변소를 짓는 대신 크리스마스 무렵에 막사촌으로 휴대용 변기를 가져가 오십 명당 하나씩 나누어 주고는 변기를 더 오랫동안 사용하려면 어떻게 해야 하는지 사람들 앞에서 시범을 보여 주었다. —『백년의 고독』

물론, 이 부분에도 유나이티드 프루트 컴퍼니의 기만성, 민중에 대한 억압, 수탈 등에 대한 작가의 분노가 드러나 있는데, 간호사와 아이들의 행위에 대한 기술에서는 작가 특유의 '씁쓸한' 유머와 풍자 또한 발산된다.

1928년 10월 6일에 막달레나주 시에나가의 바나나 농장 지역에서 '막달레나 노조 연합'은 콜롬비아 영토에서 거의 독립 공화국처럼 국내법을 위반하는 바나나 회사가 향후에는 콜롬비아의 국내법을 준수해야 한다고 주장하면서 노동자의 일반보험 및 산재보험 가입, 일요일 유급 휴무, 임금 인상, 주급 지급,

배급표 폐지, 개인 노동계약 대신 단체 노동계약 체결, 병원 설립 등을 요구한다. 그런데 바나나 회사의 대표는 노동자들의 요구를 회피하고, 당시 미겔 아바디아 멘데스 대통령은 회사 편을 들어 버린다. 열악한 노동조건, 노동자들의 요구에 대한 회사와 정부의 무시는 노동자들로 하여금 파업을 하게 만든다. 파업 노동자들과 주민들이 시위를 벌이자 정부는 1928년 12월 5일에 막달레나주의 바나나 재배 지역에 위수령을 선포하고 까를로스 꼬떼스 바르가스 장군을 그 지역 민·군 총책임자로 임명한다. 까를로스 꼬떼스 바르가스가 서명한 포고령에 관한 것은 『백년의 고독』에 다음과 같이 실려 있다.

> 중위가 축음기의 확성기에 대고 주의 민·군 총책임자가 공포한 포고령 제4호를 읽는 것을 보았다는 얘기를 두고두고 했다. 그 포고령은 까를로스 꼬떼스 바르가스 장군과 그의 부관 엔리께 가르시아 이사사 소령이 서명했는데, 팔십 단어로 된 세 개 항목에서 파업에 가담한 노동자들을 '불량배 패거리'로 규정하고, 그들을 사살할 권한을 군대에 부여하고 있었다.

가르시아 마르께스는 포고령에 관한 실제 역사를 소설에 형상화함으로써 소설에 핍진성을 높여 주는데, 역사적 사실이 위 인용문과 같은 이야기로 재탄생하기까지는 몇 개의 단계를 거친다. 역사적으로 확실한 것은 까를로스 꼬떼스 바르가스 장군이 서명한 포고령 제1호가 공포되었다는 것이다. 내용은 시위자들을 불량배로 규정하면서 3인 이상의 시위는 진압할 것인데, 부득이한 경우에는 발포할 수 있다는 것 등이다. 그런데 가르시아 마르께스와 동시대를 살면서 바란끼야 그룹에 참여했던 소설가 알바로 세뻬다 사무디오는 이 포고령의 번호를 제4호로 바꾸고, 내용도 실제와 환상, 역사와 문학을 접목시켜 3개항, 79단어로 이루어진 포고령으로 개조해 소설 『저택』(1962)의 제5장에 싣는다. 그런데 가르시아 마르께스는 실제의 포고령과 세뻬다 사무디오가 자신의 소설에 형상화한 포고령을 토대로 『백년의 고독』에 '자신만'의 80단어짜리 포고령을 만든 것이다. 이처럼 기억과 이야기하기의 메커니즘에는 역사적 사실, 가르시아 마르께스가 유년 시절에 들었던 역사적 사실에 대한 기억, 동료 작가가 발표한 작품의 내용, 가르시아 마르께스의 이야기하기 전략이 접목되어 있다. 특정 사건이 이 소설에서 최종적으로 이야기되기 위해 중층적이고 복합적인 정보와 기억들이 다양한 단계를 거쳐 가공되어야 했다는 것이다.

결국, 정부는 1928년 12월 6일에 시에나가역 광장에서 무자비한 진압 작전을 개시한다. 새벽 1시 25분에 시위대를 향해 포고령이 낭독되고, 5분 뒤인 1시 30분에 학살이 시작된다. 정부의 폭력적 진압으로 정확한 숫자를 파악할 수 없는 노동자뿐만 아니라, 상인, 가내 수공업자, 어린이, 여자들까지 학살되고, 그 결과 바나나 재배 시스템이 붕괴된다. 이 학살은 가르시아 마르께스의 인생과 문학에서 가장 큰 영향을 준 역사적 사건 가운데 하나가 되고, 이 사건으로 죽은 사람들은 가르시아 마르께스의 뇌리를 떠나지 않고 있다가 결국 『백년의 고독』에 다음과 같이 형상화된다.

> 파업에 참가한 노동자들을 범죄 집단으로 선포하는 법규를 읽는 군 장교, 5분 이내에 광장을 떠나라는 장교의 명령을 받고도 무시무시한 햇볕을 받으며 꿈쩍도 하지 않고 광장에 모여 있는 남자, 여자, 어린이 3000명, 발사 명령, 이글이글 타오르는 침針 같은 섬광들을 토해 내는 기관총 소리, 지칠 줄 모르는 기관총이 가

위로 싹둑싹둑 가지런히 잘라 내듯 군중 숫자를 줄이고 있는 사이 공포에 질려 한쪽으로 휩쓸리는 군중. —『이야기하기 위해 살다』

앞줄에 있던 사람들은 기관총탄에 소사掃射되어 이미 땅에 엎드린 상태였다. 그러나 살아난 사람들은 땅바닥에 엎드리지 않고 작은 광장으로 달아나려 했는데, 그때 공포에 휩싸인 군중이 흡사 용이 쳐대는 꼬리질을 피하듯 총알을 피해 빽빽한 파도처럼 한쪽으로 몰려가다가 반대편 길에서 용이 쳐대는 꼬리질을 피하듯 빽빽한 파도처럼 반대 방향으로 밀려오고 있던 군중과 맞부딪쳤는데, 그쪽에서도 역시 기관총들이 쉬지 않고 발사되고 있었다. 군중은 기관총들의 지칠 줄 모르고 계속되는 규칙적인 가위질에 의해 가장자리가 양파 껍질 벗겨지듯 차근차근 동그랗게 잘려 나가고 있었기 때문에 진원지를 향해 점점 줄어들고 있는 거대한 소용돌이를 타고 빙빙 돌면서 가운데에 갇히게 되었다.

—『백년의 고독』

이는 가르시아 마르께스가 작품을 통해 다룬 경제 제국주의와 군부의 억압에 대한 명백한 예들 가운데 하나다. 상상 가능한 폭력이 가장 생생하게 묘사된 이 부분에서는 영화 시나리오를 쓰는 등 영화에 지대한 관심을 표했던 가르시아 마르께스의 영화적 재능이 십분 발휘된다. 학살 장면에 대한 재현은 사실적이고 객관적인데, 이는 콜롬비아 역사상 가장 잔인한 노동자 탄압으로 기록되는 역사적 사건에 객관성을 부여하려는 의도로 해석할 수도 있을 것이다. 그런데도, 상상의 동물인 용의 '꼬리질', '규칙적인 가위질', '양파 껍질 벗겨지듯 차근차근 동그랗게 잘려 나가는 모습', '진원지를 향해 점점 줄어들고 있는 거대한 소용돌이' 등을 동원한 문학적(비유적)인 묘사에서는 정부군의 광기 어린 학살과 학살로부터 살아남으려는 양민들의 처절한 노력이 극적으로 대비되면서 학살의 잔학상과 비극성이 두드러진다. 한마디로 말해, 사회·정치적 서스펜스로 채워지고, 피비린내 나는 공포로 점철된 생생하고 극적인 장면이다. 콜롬비아 현대사를 핏빛으로 물들인 폭력의 문제는 가르시아 마르께스에게는 반드시 다루어야 할 소재가 되었을 것이다. 이를 다루는 것은 작가의 숭고한 임무이기 때문이다.

여기서 우리가 간과하지 말아야 할 것은 사망자의 수다. 가르시아 마르께스는 사망자의 수를 과장한 것처럼 보인다. 실제로 처음으로 나온 공식 발표(뉴스)는 7명(나중에는 13명)이 사망하고 20명이 부상 당했다는 것이었다. 『백년의 고독』에서는 다음과 같이 기술된다.

> 한 주일이 지난 후에도 계속해서 비가 내렸다. 정부가 사용 가능한 모든 매스컴을 총동원해 전국적으로 수천 번이나 되풀이해 유포한 공식 발표는 결국, 사망자가 한 명도 없었고, 만족한 노무자들은 모두 가족을 찾아 돌아갔으며 바나나 회사는 비가 그칠 때까지 작업을 중단한다는 내용을 믿게 만들었다. … 포고령 제4호와 관련된 불량배들, 살인자들, 방화범들, 소요자들에 대한 색출과 처형은 계속되었지만, 군사 당국은 그 사실을 희생자들의 가족들에게조차 숨기고 있었기 때문에 사령부 사무실은 소식들을 찾아 나선 친척들로 넘쳐 나고 있었다. "꿈을 꾸신 게 틀림없습니다. 마꼰도에선 아무 일도 일어나지 않았고, 현재도 일어나지 않고 있으며, 앞으로도 절대 일어나지 않을 겁니다. 여긴 살기 좋은 마을입니다." 장교들은 그렇게들 주장했다.

하지만, 시에나가와 인근 지역에서는 곧 사망자 수가 800명에 이른다는 소식이 유포되었다. 실제로 가르시아 마르께스가 취합한 증언들도 다양했다.

> 나중에 나는 생존자들, 증인들을 만나 얘기를 듣고, 언론매체에 보도된 것들과 공식 문서들을 조사한 결과 진실은 그 어느 곳에서도 찾을 수 없다는 사실을 깨달았다. 체제에 순응하는 사람들은 실제로 사망자가 없었다고 말했다. 극렬 반대파들은 사망자가 100명이 넘었는데, 그들이 광장에서 피를 흘린 채 죽어 있는 것을 보았고, 썩은 바나나를 버리듯 바다에 버리기 위해 기차에 싣고 가는 것을 보았다고 흔들리지 않는 목소리로 증언했다.
>
> —『이야기하기 위해 살다』

가르시아 마르께스는 기억력을 지닌 이후 외할아버지가 여러 번 반복해서 들려준 얘기 때문에 그 광경을 직접 목격한 것처럼 훤히 알고 있다고 확신했던 것 같다. 아니, 그의 서사 계획 속에는 이 장면이 생생하게 각인되어 있었을 것이다.

그 기억이 끈질기게 내 뇌리에 자리 잡고 있었기 때문에 나는 내

> 소설들 가운데 하나에 그 학살 사건에 대해 정확하게 언급했으며, 내 생각 속에 여러 해 동안 들어 있던 학살 사건에 대한 공포도 언급했다. 그렇듯 나는 그 엄청난 비극에 합당한 수치를 제시하기 위해 사망자 수를 3000명으로 잡았고 ….
>
> —『이야기하기 위해 살다』

이렇게 해서 『백년의 고독』에서는 처음에는 3000명, 나중에는 3408명이라는 구체적인 숫자가 등장하게 된다. 학살 사건을 목격했던 호세 아르까디오 세군도의 말을 들어 보자.

> "3000명은 되었을 겁니다." 호세 아르까디오 세군도가 중얼거렸다.
>
> "역에 있던 사람들이 전부 다 죽어 실려 갔단 말이에요. 3408명이었다니까요."

『백년의 고독』에서 학살 사건을 목격한 호세 아르까디오 세군도의 증언이다. 여기에는 당국의 허위와 기만성을 고발하고, 진실을 밝힘으로써 당국에 의해 왜곡된 역사를 바로잡겠다는 가르시아 마르께스의 작가 정신이 반영되어 있다. 이처럼, 가르시아 마르께스는 등장인물들에 부여한 행위와 언술을 통해 자신의 정치적 견해를 밝히고 있는데, 가르시아 마르께스의 정치적 견해는 대리적인 성격을 띠고 있지만, 이 소설에서 핵심적인 역할을 한다. 물론 사망자의 숫자와 관련해 다양한 해석이 있다. '마술적 사실주의 문법에 충실한 허구'라거나 '콜롬비아의 불행한 역사에 대한 가르시아 마르께스의 비판의식이 내재되었다'는 것이다. 이와 관련해 바르가스 요사의 다음과 같은 견해를 밝힌다. "라틴아메리카 사람들은 픽션과 사실을 구분하는 데 여전히 큰 어려움을 겪는다. 전통적으로 이 둘이 아주 밀접하게 뒤섞이는 것에 익숙해져 있기 때문이다. 하지만 삶 전체를 소설화하는 것에는 여러 가지 장점이 있다. 그렇지 않다면 『백년의 고독』과 같은 책은 불가능했을 것이다."

어찌 되었든, 가르시아 마르께스는 이 숫자에 대한 기억이 정확하다고 인지하고서 소설이 출간된 뒤에도 끊임없는 탐색 작업을 벌인다. 사건이 발생한 지 64년 후, 가르시아 마르께스는 들쭉날쭉한 통계를 들여다보고는 다음과 같이 진술한다.

나는 사망자가 많았다고, 수천 명쯤 된다고 생각하며 자랐다. 그런데 서류상에 통계 숫자로 7이라는 것을 쓴다는 사실을 알았을 때 "도대체 일곱 명 죽은 걸 무슨 학살이라 한단 말인가?"라고 되묻지 않을 수 없었다. 그래서 나는 바나나 송이를 사망자로 바꿨다. 그들을 객차에 가득 채웠다. 왜냐하면 일곱 명의 사망자로는 객차를 채울 수 없었기 때문이다. 소설에서는 3000명의 학살 희생자가 있었고 그들을 바다에 내던졌다고 서술했다. 그런 일은 물론 일어나지 않았다. 내가 상상해 낸 이야기다. — 인터뷰

그러나 그것은 당시 민중이 상상한 것이기도 했다. 항상 그렇듯이 소설가는 거짓말이나 과장된 현실을 허구적 진리로 교묘하게 짜 맞춘다. 『백년의 고독』이 출간됨으로써 콜롬비아 역사에서 거짓 통계로 얼룩진 '가장 부끄러운 한 페이지'가 세상에 드러난 것이다. 소설이 출간된 1967년 이후 콜롬비아 국민의 대다수는 막달레나주 시에나가의 바나나 농장 대학살이 3000명의 희생자를 냈다고 말하기 시작한다. 호세 아르까디오 세군도가 마꼰도에서 죽을 때까지 외롭게 외쳤던 바로 그 숫자다.

그 후 상징적인 사건 하나가 발생한다.

> 결국 실제 삶은 내 판단과 작업의 의미를 제대로 평가해 주었다. 불과 얼마 전, 그 비극적인 사건을 기념하는 어느 식장에서 연설 순서가 된 상원의원이 공권력에 의해 희생된 무명 순교자 3000명의 넋을 기리는 1분 동안의 묵념을 하자고 제의한 것이다.
>
> —『이야기하기 위해 살다』

이는 비극의 규모 및 참상에 논리적으로 부합할 만한 사망자 수를 찾기 위해 가르시아 마르께스가 『백년의 고독』에 설정한 숫자가 결국 역사적 숫자로 결정되는 중요한 '사건'으로, 현실을 제대로 알림으로써 왜곡된 역사를 바로잡고, 다시는 이런 역사가 반복되지 말아야 한다는 가르시아 마르께스의 강한 의욕과 작가적 사명감이 빛을 발휘한 경우다. 문학의 정치적 실천은 삶의 구조, 세계의 질서가 인간을 어떻게 억압하는가를 통찰하고, 그에 관해 말하는 것이기 때문이다. 이 책의 서문에서도 언급했다시피, 문학은 '생산적인' 상상력을 통해 현실과 인간 경험의 숨겨진 차원을 새롭게 발견해 적극적으로 드러내고 변형시킴으로써, 우리의 삶과 세계관에 '의미론적 혁신'을 이루게 한다.

4. '유토피아' 건설하기

'마술적 사실주의' 계열로 분류되는 가르시아 마르께스의 소설 세계는 사실주의라는 말이 의미하는 역사성·재현성과 '마술적'이란 단어가 함축하는 글쓰기의 실험성을 포함하는데, 이는 라틴아메리카의 현실이 지닌 다양성을 특유의 방식으로 통합하고 융합하려는 시도다. '가족 대하소설'이라고 부를 수 있는 『백년의 고독』에는 지난하기 이를 데 없는 라틴아메리카의 삶이 작가 특유의 뛰어난 상상력과 독자를 매료시키는 독특한 이야기하기 방식을 통해 생생하게 드러나 있다.

'이야기하기storytelling'는 '이야기story를 하는 사람teller'의 의도를 전달하는 데 가장 유효한 수단이다. 가르시아 마르께스는 스스로를 "일화를 이야기하는 사람"이며 "하찮은 공증인에 불과하다"고 자리매김한다. 앞의 언술은, 그가 소설이라는 장르에서는 기억하기와 이야기하기 방식이 무엇보다 중요하다는 사실을 강조하는 것처럼 보인다. 뒤의 언술은, 그가 역사와 정치에 대해 객관성을 유지하고, 직접적인 비판을 가하지 않겠다는 의도를 드러내는 것처럼 보인다. 그럼에도, 그가 자신의 기억을 자신만의 방식으로 복원시켜 이야기해 주는 일화는 자신이 책임지고 '공증'할 수 있는 진실이라는 사실을 은연중에 강조하는 것처럼 보이기도 한다. 사실, 그 '문제 많은' 역사의 일화들을 공증하고 이야기해서 널리 유포하는 것이, 역설적으로 말해, 작가의 사명일 뿐만 아니라 켜켜이 누적된 제반 문제를 해결하는 데 도움을 주기 때문이다.

롤랑 바르트가 '글쓰기는 역사적인 결속 행위', '하나의 기능'이라고 말했다시피, 가르시아 마르께스는 단순하게 특정 지역의 구체적인 정치·사회적인 문제만을 비판하고 조롱하고 풍자하는 것이 아니라, 비논리적이고 부조리한 현실에 맞서는 인간의 문제에 관심을 둔다. 정치적 압제와 외세의 수탈로 고통을 겪어 온 민중의 고난을 증거하고, 역사적·정치적 현실에 대한 민중의 자각과 집요한 생명력이 얼마나 강하고 질긴지 드러낸다. 더 나아가 합리성과 이성의 논리가 지배하는 사회, 인간의 제반 권리가 존중받고 인간이 평화롭게 공존할 수 있는 인본주의적 사회, 유토피아적인 사회를 구축하기 위한 대안을 제시한다. 독특한 창의성, 진정한 역사의식, 투철한 작가 정신을 지닌 그는 보통 사람의 눈에는 포착되지 않는 현실의 다양한 층위를 포착해서 자신만의 서사 방식을 통해 '마술적으로' 보여 줌으로써 '집단적 낙관주의'를 심어 주고, 유토피아적 삶의 방향성을 제시해 주고 있다. 가르시아 마르께스가 들려주는 이야기는 "아름다운 것을 생산한다는 것은 필연적으로 혁명적이다. 또한 아름다운 것을 생산해 내는 예술가는 필연적으로 참여적이다"라는 안또니오 네그리의 주장에 힘을 실어 준다.

| 맺는말 |

사랑하기 때문에 이야기한다

"소설을 쓸 것인가 죽을 것인가. 그대가 글을 쓰지 않고도 살 수 있을 거라 믿는다면, 글을 쓰지 말라." 이 말은 가르시아 마르께스가 소설가로 살아오면서 간직하고 실천한 모토다.

예술적 재능은 모든 재능 가운데 가장 신비로운 것인데, 인간은 그 재능 덕에 무엇인가 얻을 것이라는 기대는 전혀 하지 않은 채 자신의 모든 삶을 바치기도 한다.

라틴아메리카의 가혹한 현실이 만들어 낸 20세기 최고의 작가 가브리엘 가르시아 마르께스! 가르시아 마르께스가 글을 읽고 쓰는 법을 배운 뒤로 평생 지속시킨 치열한 지적 탐험 과정과 창작 과정은 타의 추종을 불허한다. 무엇보다도 이런 과정에서 그가 보여 준 집중력, 인간과 삶에 관한 탐색은 독자의 시선과 마음을 사로잡는다. 특히 하나의 작품을 완성하기 위해 몸과 마음을 바쳐 치열하게 노력을 경주하지만, 결국 제대로 인정받지 못했을 때 극심한 좌절감을 느끼지만 이를 극복하고 재도전해 목적을 달성하는 불굴의 투지는 감동적이다. 한마디로 말해, 그의 명작들은 한 개인이 지닌 천재성의 소산일 수도 있지만, 그보다는 끊임없는 노력의 결과물이라 할 수 있다.

가르시아 마르께스는 "모든 작가의 가장 혁명적인 임무는 글을 잘 쓰는 데에 있고", 이상적인 소설이란 "그 소설 속에 담긴 정치·사회적 내용이 아니라 현실 속으로 독자를 침투, 끌어들일 수 있는 힘을 통해 독자를 감동시키는 데 있다"고 말한다. 그에게 좋은 소설이란 형식의 틀에 갇힌 것이 아니라 독자를 감동시키고 그럼으로써 독자들에게 현실을 환기해 현실에 참여하게 만드는 것이다. 그에게 문학이란 라틴아메리카의 '가혹하고 불공정하고 정의롭지 못한' 현실을 개선하기 위해 그가 선택할 수 있는 가장 훌륭한 무기였던 것이다.

『백년의 고독』은 라틴아메리카의 창세기이며 묵시록이다. 가르시아 마르께스는 이 작품을 통해 라틴아메리카의 과거와 현재, 그리고 미래를 더욱 넓고 깊게 바라봄으로써 라틴아메리카 현실에 의미를 부여하고, 초월적 지역주의, 다시 말해, 좁게는 콜롬비아 넓게는 라틴아메리카라는 특정한 지역에 뿌리를 박고 있으면서도 보편성을 추구하는 라틴아메리카 문학을 세계에 널리 알린다. 즉 『백년의 고독』은 "우리의 현실을 타인의 방식으로 해석하는 행위는 갈수록 우리를 이해하지 못하고, 갈수록 우리를 덜 자유롭게 하며, 갈수록 고독하게 만드는 데 이바지할 뿐"인 상황에서 "삶의 새롭고 활짝 핀 유토피아이며, 아무도 타인을 위해 심지어는 어떻게 죽어야 한다고까지 결정을 내릴 수 없는 곳이며, 정말로 사랑이 확실하고 행복이 가능한 곳이고, 100년의 고독을 선고받은 가족들이 마침내, 그리고 영원히 이 지구상에 새로운 기회를 가질 수 있는 곳"인 진정한 유토피아를 창조하는 작업을 실행할 권리가 있다고 생각한 결과물, 즉 라틴아메리카의 고독을 타파하려는 지난한 시도인 것이다. 라틴아메리카 사람들의 삶의 정수를 파악할 수 있는 객관적 사실과 시적 상상이 마술적으로 융합되어 있는 그의 소설 세계는 현실의 지평을 무한히 확장하면서 20세기를 위협하는 부조리한 요소들을 까발리고, 도덕적인 분노를 표출하며, 미래에 대한 비전을 제시한다. 그리고 우리의 영원한 가치인 사랑을 통해 인간과 삶의 진정한 의미를 재평가할 기회를 부여하면서 현대 사회의 삶과 문학에 새로운 좌표를 설정해 준다.

『백년의 고독』이 출판되고 많은 세월이 지났지만, 수많은 비평가와 독자들이 라틴아메리카에서 태어난 이 소설에 여전히 놀라움과 감동을 표하고, 전율을 느끼면서 과거와 현재의 삶과 역사를 살피고, 미래를 전망해 보는 데에는 이유가 있다. 『백년의 고독』이 작가의 의식 세계와 라틴아메리카라는 실체가 지니고 있는 복합적인 현실을 총정리한 소설로서 라틴아메리카 대륙을 체계적으로 이해시키는 데 크게 기여했을 뿐만 아니라 '소설의 죽음'에 종지부를 찍고, 더 나아가 '재미있는' 소설(이야기)에 관해, 인간에 관해, 진정한 사랑의 의미에 관해 예리하고 묵직한 화두를 제시해 주기 때문이다.

부록1: 부엔디아 집안의 가계도

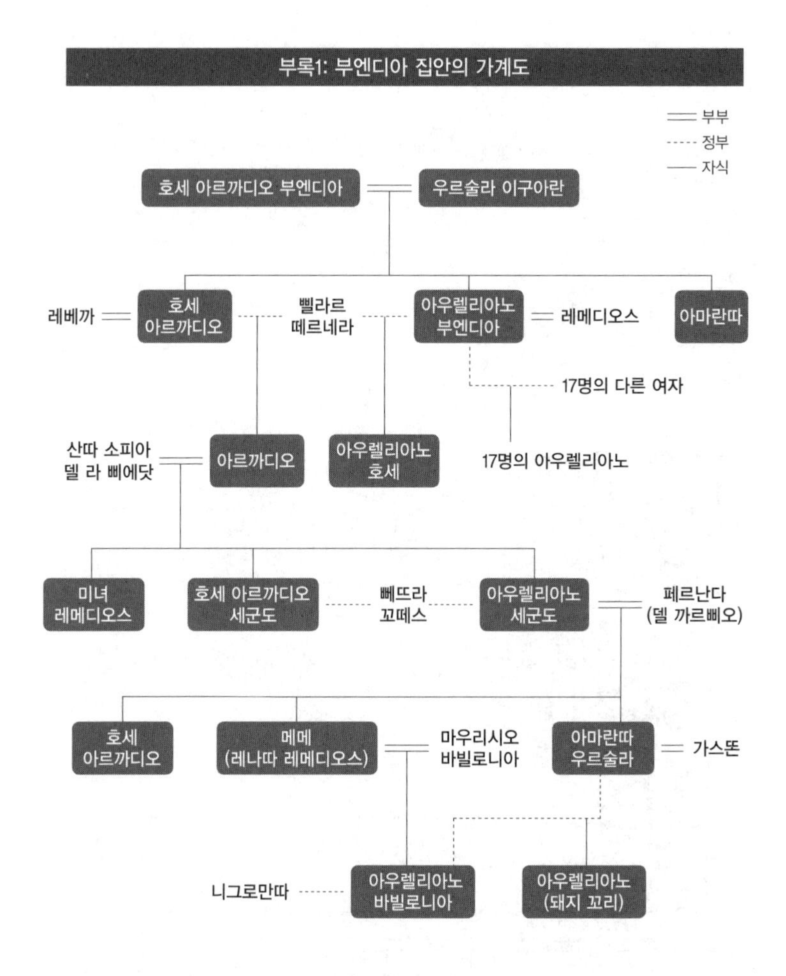

부록2: 가보의 외가댁 평면도

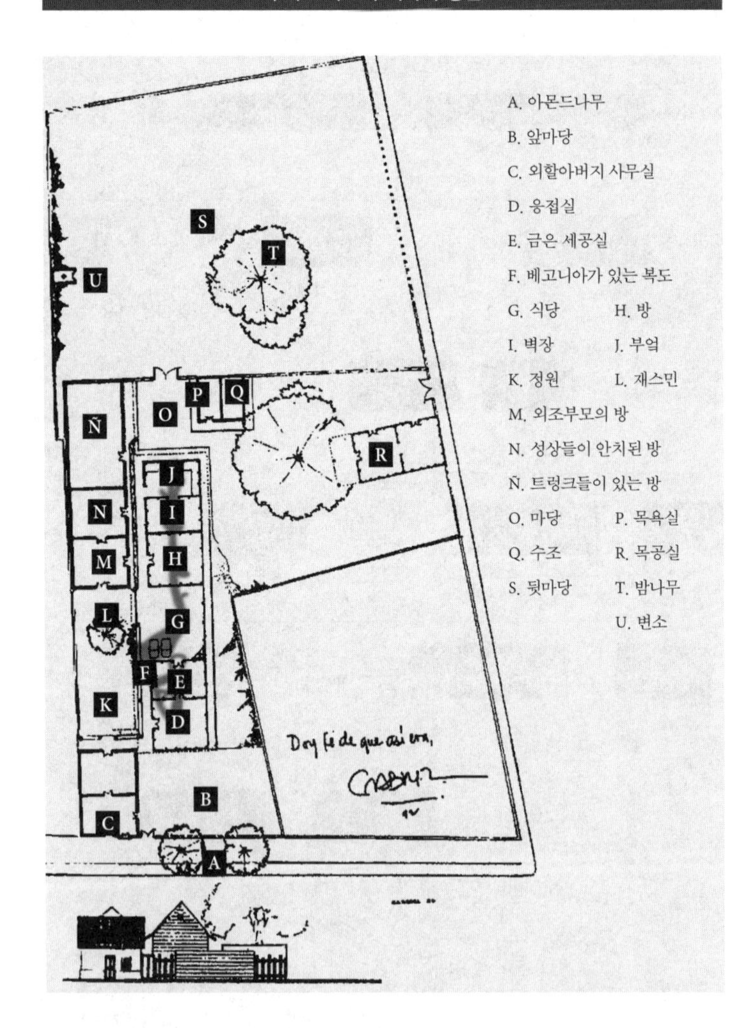

참고문헌

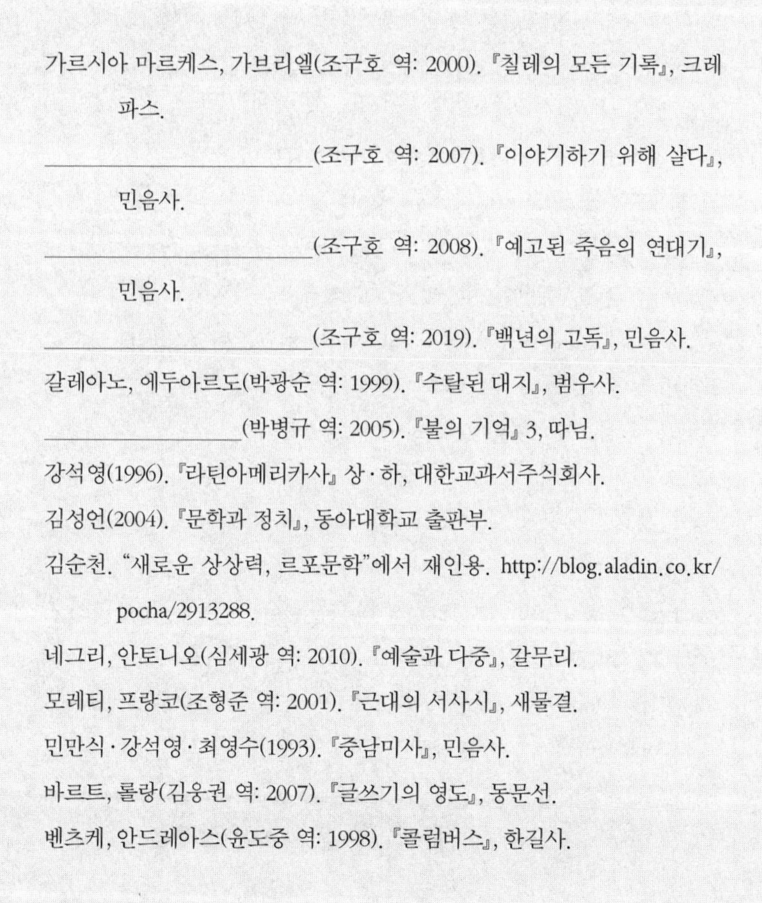

가르시아 마르케스, 가브리엘(조구호 역: 2000). 『칠레의 모든 기록』, 크레파스.

________________________(조구호 역: 2007). 『이야기하기 위해 살다』, 민음사.

________________________(조구호 역: 2008). 『예고된 죽음의 연대기』, 민음사.

________________________(조구호 역: 2019). 『백년의 고독』, 민음사.

갈레아노, 에두아르도(박광순 역: 1999). 『수탈된 대지』, 범우사.

________________(박병규 역: 2005). 『불의 기억』 3, 따님.

강석영(1996). 『라틴아메리카사』 상 · 하, 대한교과서주식회사.

김성언(2004). 『문학과 정치』, 동아대학교 출판부.

김순천. "새로운 상상력, 르포문학"에서 재인용. http://blog.aladin.co.kr/pocha/2913288.

네그리, 안토니오(심세광 역: 2010). 『예술과 다중』, 갈무리.

모레티, 프랑코(조형준 역: 2001). 『근대의 서사시』, 새물결.

민만식 · 강석영 · 최영수(1993). 『중남미사』, 민음사.

바르트, 롤랑(김웅권 역: 2007). 『글쓰기의 영도』, 동문선.

벤츠케, 안드레아스(윤도중 역: 1998). 『콜럼버스』, 한길사.

송병선 편역(1997). 『가르시아 마르께스』, 문학과 지성사.

_____ 편역(2004). "라틴아메리카 증언문학의 시학과 하위 주체의 문제", 『라틴아메리카연구』, 한국라틴아메리카학회.

엘리엇, 존 H. 편집(김원중 외 역: 2003). 『히스패닉 세계』, 새물결.

유왕무(2008). 『백년의 고독 읽기의 즐거움』, 살림출판사.

이성형 편(1999). 『라틴아메리카 역사와 사상』, 까치.

_____ 편(2004). 『콜럼버스가 서쪽으로 간 까닭은?』, 까치.

최혜실(2011). 『스토리텔링, 그 매혹의 과학』, 한울.

카르펜티에르, 알레호(조구호 역: 2019). 『이 세상의 왕국』, 문학동네.

콜럼버스, 크리스토퍼(이종훈 역: 2004). 『콜럼버스 항해록』, 서해문집.

푸엔테스, 카를로스(서성철 역: 1997). 『라틴아메리카 역사』, 까치.

프라이, 노드롭(임철규 역: 1982). 『비평의 해부』, 한길사.

해밀턴, 폴(임옥희 역: 1998). 『역사주의』, 동문선.

Acosta Monto, José(1973). *Periodismo y literatura*, Guaderrama, Madrid: T. 1y 2.

Aguilera, Octavio(1992). *La literatura en el periodismo y otros estudios en torno a la libertad y el mensaje informativo*, Madrid: Paraninfo.

Báez, Fernando(2004). *Historia universal de la destrucción de libros*, Barcelona: Ediciones Destino, S.A.

Bell-Villada, Gene H.(2002). "Banana Strike and Military Massacre: One Hundred Years of Solitude and What Happened in 1928," *Gabriel García*

Márquez's One Hundred Years of Solitude: A Casebook. Bell-Villada, Gene H.(ed.), New York: Oxford University Press, pp. 127~138.

Brushwood, John S.(January~June, 1985). "Reality and Imagination in the Novels of García Márquez," *Latin American Literary Review*, No. 25, pp. 9~14.

Cartín de Guier, Estrella(1987). *Una interpretación de Cien años de soledad*, San José: Editorial Costa Rica.

Castro Meagher, Genoveva. "El golpe de Estado en Chile 1973," http://redescolar.ilce.edu.mx.

Crowdus, Gary and Irwin Silber(1971). "Film in Chile: An Interview with Miguel Littin," *Cineaste* 4, No.4, pp. 4~9.

Dussel, Enrique(1995). *The Invention of the Americans: Eclipse of the Other's and the Myth of Modernity*, New York: Continuum.

Editorial Despepita Sincelejo(24 Dic. 2008). "La masacre de las bananeras y su repercusión en la historia y literatura colombianas," http://webcache.googleusercontent.com.

García Márquez, Gabriel(1967). *Cien años de soledad*, Buenos Aires: Sudamericana.

__________________(1975). *El otoño del partricarca*, Barcelona: Plaza & Janés.

__________________(1982). "La soledad de América Latina," http://www.themodernword.com.

__________________(1984). "La soledad de América Latina," en Marquínez Argote, Germán, *Macondo somos todos*, Bogotá: El Buho, pp. 60~66.

__________________(1986). *La aventura de Miguel Littín clandestino en Chile*, Bogotá: Editorial Oveja Negra.

__________________(1987). *Relato de un náufrago*, Buenos Aires: Sudamericana, 50° edic.

__________________(1993). *El olor de la Guayaba*. Conversaciones con Plinio Apuleyo Mendoza, Buenos Aires: Sudamericana, 2° ed.

__________________(1996). *Noticia de un secuestro*, Buenos Aires: Sudamericana.

__________________(Mar. 1998). "Fantasía y creación artística en América Latina y el Caribe," *Revista Voces* Arte y literatura, No. 2, California: San Francisco, http://sololiteratura.com/marquezarticulos.htm.

__________________(2002). "La verdadera muerte de un Presidente," http://www.ciudadseva.com.

__________________(2002), *Vivir para contarla*, Barcelona: Modadori.

__________________(2003). "Carta de Gabriel García Márquez a Bush," http://debates.hipernet.ufsc.br.

Gerarld, Martin(Traducción de Eugenia Vázquez Macarino: 2009). *Gabriel García Márquez, Una vida*, Barcelona: Debate.

Griffin, Clive(2002). "The Humor of One Hundred Years of Solitude," *Gabriel García Márquez's One Hundred Years of Solitude: a Casebook*,

Bell-Villada, Gene H.(ed.), New York: Oxford University Press, pp. 53~66.

Hayes, Aden(1989). "Hemingway y García Márquez: Tarde o temprano," Tittler, Jonathan(ed.), *Violencia y literatura en Colombia*, Madrid: Orígenes, pp. 53~62.

Littín, Miguel(1985). "Acta General de Chile," http://redescolar.ilce.edu.mx.

Martínez Alberto, José Luis(1983). *Curso General de Redacción Periodística*, Barcelona: Mitre.

Medhurst, Kenneth(1972). *Allende's Chile*, New York: St. Martin's Press.

Norvind, Eva(1979). "Intelectuales interrogan a GGM" en Rentería, *García Márquez habla de García Márquez*, Alfonso(ed.), Bogotá: Rentería Editores, pp. 151~154.

Oryazun, Maria Eugenia(1999). "Augusto Pinochet: Dialogos con su historia," *Conversaciones Ineditas*, Buenos Aires: Sudamericana.

Palencia-Roth, Michael(1983). *Gabriel García Márquez*, Madrid: Editorial Gredos.

Paz, Octavio; Ignacio Bernal; Tzvetan Todorov(Oct. 1992), "La conquista de México: Comunicación y encuentro de civilización," *Vuelta*, 191.

Poniatowska, Elena(1998). *Todo México* 1. México D.F.: Diana-Planeta.

Saldívar, Dasso(1997). *García Márquez, El viaje a la semilla*, Madrid: Alfaragua.

Simons, Marlise(5 Dec. 1982). "A Talk with Gabriel García Márquez," *New*

York Times.

Sklodowska, Elzbieta(1992). *Testimonio hispanoamericano: Historia, teoríia, poéetica*, New York: Peter Lang Publishing.

Todorov, Tzvetan(1999). *The Conquest of America: The Question of the Other*, New York: Harper.

Vargas Llosa, Mario(1971). *García Márquez: historia de un deicidio*, Barcelona: Seix Barral.

________________(2009). *Sables y utopias*, Lima: Aguilar.

Vivaldi, Gonzalo Martín(1986). *Géneros Periodísticos*, Madrid: Paraninfo, 2° edic.